ROSA & VIOLETA

CB124983

CLARA CORLEONE

ROSA & VIOLETA

L&PM EDITORES

Texto de acordo com a nova ortografia.

Capa: Ivan Pinheiro Machado
Preparação: Nanashara Behle
Revisão: Luiza Gressler e Mariana da Costa Donner

CIP-Brasil. Catalogação na publicação
Sindicato Nacional dos Editores de Livros, RJ.

C832r

Corleone, Clara
Rosa e Violeta / Clara Corleone. – 1. ed. – Porto Alegre [RS]: L&PM, 2024.
200 p. ; 21 cm.

ISBN 978-65-5666-517-7

1. Ficção brasileira. I. Título.

24-93417 CDD: 869.3
CDU: 82-3(81)

Meri Gleice Rodrigues de Souza - Bibliotecária - CRB-7/6439

© Clara Corleone, 2024

Todos os direitos desta edição reservados a L&PM Editores
Rua Comendador Coruja, 314, loja 9 – Floresta – 90.220-180
Porto Alegre – RS – Brasil / Fone: 51.3225.5777

Pedidos & Depto. Comercial: vendas@lpm.com.br
Fale conosco: info@lpm.com.br
www.lpm.com.br

Impresso no Brasil
Primavera de 2024

Para minha mãe, meu pai e meus irmãos Carolina, Joana, Pedro e Ana Helena. Vocês são a minha vida.

"Há nas famílias uma demarcação de território onde as fronteiras dizem: daqui para dentro somos nós. Dentro é onde cresce um tipo de vegetação particular, que a um estranho parecerá mato, mas que na família é flor."

Carla Madeira

PARTE UM

1.

Naquela manhã, quando Moreira saiu de casa, ele achava que era impossível o dia ficar pior.

"Onde eu estava com a cabeça quando me casei com um policialzinho de merda?"

Deitada na cama, Vera falara alto o suficiente para que ele, da cozinha, ouvisse. Enquanto molhava seu pão com manteiga no café doce demais, Moreira sentia os músculos das suas costas se contraírem.

"Ela está nervosa..."

Justificara pra mãe no último almoço de domingo, quando Vera constrangera a família inteira ao falar, na mesa, sobre os problemas financeiros que eles estavam enfrentando.

"Então que vá trabalhar! Trabalha, que passa. Fica o dia inteiro vendo novela e engordando, nem uma faxina se presta pra fazer... Se vocês pegassem o dinheiro que gastam com a faxineira, aposto que pagavam a faculdade do menino. Mas não, a madame não pode encostar em água sanitária, esfregar chão, desentupir pia. Ela não está nervosa. Ela é uma vaca!"

O clichê da sogra e da nora que se detestam não tem, para o filho e marido, graça nenhuma.

Moreira havia se apaixonado há muito tempo pela mistura de delicadeza e determinação de Vera. Ela era a garota mais bonita da escola. Por morar em bairro nobre – ao contrário dos colegas –, tinha ares de princesa. Podia escolher qualquer um, mas, ao bater os olhos em Moreira durante o campeonato de futebol entre escolas municipais, não teve dúvida: seu corpo jovem suado, abraçado aos colegas depois de marcar o gol da vitória...

Na lanchonete onde, depois, eles comemoraram o título, Vera abriu caminho até Moreira bebendo Guaraná diet de canudinho e disse, na frente de todo mundo:

"Eu vou me casar com você."

Enquanto os colegas gritavam e bagunçavam seu cabelo, o rapaz ficou espantado observando Vera se distanciar, tão tranquila quanto havia se aproximado.

Delicadeza e determinação.

"Acontece", ela dizia com frequência, "que eu achei que você tinha ambição. Ambição!"

Moreira não tinha mais ânimo pra explicar que não faltou ambição, e sim talento. Era um bom jogador, mas, em comparação aos outros moleques que também queriam jogar profissionalmente, era apenas razoável. Quando percebeu que esse sonho havia bailado na curva, decidiu seguir o plano B. Se tornou policial, como o pai.

"Um policialzinho de merda", ele falou ironicamente para si mesmo, imitando a voz de Vera, enquanto arrancava com o carro de madrugada para a delegacia.

Se Lucas, o menino deles, tivesse passado na faculdade pública, até que não estariam tão mal de vida. No entanto, o garoto não era lá muito esforçado – "preguiçoso como o pai", Vera repetia enquanto assistia a *Vale a pena ver de novo* comendo bombons –, e as mensalidades estavam liquidando o salário de Moreira.

Endividado, cansado e sem trepar há mais tempo do que conseguia lembrar, Moreira ia pela estrada quando um carro chamou sua atenção. Parado no acostamento, o Ka era um ponto preto solitário, quase não identificável na escuridão. O policial passou por ele devagar e vislumbrou uma mulher aparentemente dormindo no banco do motorista, com o rosto virado para a esquerda. Ele estacionou logo à frente e desceu. Estava a mais ou menos dois metros de distância quando chamou:

"Senhora?"

Naquele momento, embora já tivesse alguns anos de serviço, Moreira teve uma sensação esquisita e lhe ocorreu que a mulher pudesse estar morta e não dormindo. Sem saber exatamente como agir, pegou uma lanterna no porta-luvas e a acendeu, apontando para a motorista inerte. Repetiu, um pouco trêmulo:

"Senhora?"

Ao segundo chamado, ela acordou. O choque ao abrir os olhos e dar de cara com a luz branca da lanterna a assustou. Instintivamente, Rosa deu a partida no carro, sem saber ao certo onde estava e nem para onde estava indo.

Naquela manhã, quando Moreira saiu de casa, não imaginava que o dia poderia ficar pior. Era um pensamento satisfatório. Essa era a única parte boa de sair de casa se sentindo um merda: pior do que está, não fica.

Moreira estava convicto – até ter seu pé direito atropelado.

2.

“Uma ligação do Bolshoi é aguardada a qualquer momento!”

Era assim que o pai a recebia nas quintas, quando ela voltava do balé. De tutu e coque, Rosa corria para o colo dele.

Terça-feira, natação. Quinta-feira, balé. No turno inverso, as aulinhas de inglês. Toda a semana, Rosa precisava “ler” um livro. Os livros eram curtos, com poucas palavras e muitas imagens, mas mesmo assim a meta era desafiadora. Rosa alcançava. Era aplicada. Também era audaciosa, atrevida e cheia de si.

Seu corpinho magro de menina era refletido no espelho do quarto enquanto praticava os exercícios do balé. *Pied à terre. Pied à quart. Pied sur la demi-pointe. Pied à trois quarts. Pied sur la pointe.* Uma cama com dossel, luzinhas coloridas que piscavam e se entrelaçavam nas cômodas e no armário, caixinhas de músicas, dezenas de bonecas Barbie, paredes cobertas por papel floral e incontáveis bichos de pelúcia. No amplo apartamento em que moravam, não só o quarto da pequena Rosa parecia saído de uma revista de decoração. A casa inteira era assim. Pé-direito alto, luminárias antigas, um bar com bancos em couro macio, a enorme prateleira da biblioteca, iluminada e feita sob medida, os banheiros amplos com banheiras de hidromassagem, a deliciosa área externa, com piscina, churrasqueira e móveis de jardim, e as fotografias emolduradas em prata espalhadas pelos cômodos.

Papai e mamãe sorrindo de frente um pro outro no dia em que se casaram. Papai apertando a mão de homens importantes, obrigatoriamente sisudos e fora de forma. Mamãe vencedora de inúmeros concursos de beleza – seu cabelo loiro penteado para o lado, muito comprido, parecia dourado. Rosa bebê. Rosa acariciando um cachorrinho branco. Rosa brincando no carrossel. A família na praia, na serra, na neve, na Europa. A preferida de Rosa: os três enroscados no sofá da sala assistindo a um filme da Disney em VHS. Sem pipoca, é claro. A mãe não permitiria. Era *A bela adormecida*, e Rosa ficou encantada com as fadas, a princesa e o príncipe. Tudo era fantasia. Tudo era perfeito: dentro e fora da tela.

Your daddy's rich and your ma is good-looking. So hush, little baby. Don't you cry.

3.

Almeida chega na delegacia para cumprir seu turno. Peixoto, sempre tenso, levanta da cadeira abruptamente, como se tivesse levado um choque. Ele caminha na direção do delegado e relata:

"Dois bêbados que brigaram em frente ao bar do Joca, um casalzinho código onze..."

Ele faz uma pausa esquisita antes de completar:

"E uma moça."

Almeida acha curioso:

"O que tem a moça?"

Peixoto, sorrindo, passa a mão no cabelo:

"É uma moça daquelas..."

O delegado fica impaciente:

"Prostituta?"

"Não senhor, senhor! Eu quis dizer braba... É uma fera!"

Almeida ri:

"Essa é muito boa: a moça foi presa porque é braba? Ô Peixoto, vocês por acaso vão prender todas as mulheres do mundo?"

O rapaz não entende a piada. Fica muito sério. Profissional:

"Não senhor, senhor. Ela foi pega dormindo bêbada no carro, no acostamento. O Moreira que encontrou ela."

Peixoto confere a ficha que carrega nas mãos e lê para o delegado:

"Álcool ao volante, resistência à prisão e violência contra um policial."

Almeida faz uma careta:

"Violência contra um policial?"

"Ela atropelou o pé do Moreira."

Almeida pega a ficha das mãos de Peixoto e comenta, distraído:

"Eu também atropelaria o pé do Moreira se tivesse chance. Bom, vou encontrar a fera. Você procura se tem antecedentes?"

"Procuro sim senhor, senhor."

"E para com esse negócio de me chamar de senhor!"

Ao avistar Rosa na sala de interrogatório, Almeida pensa em uma pantera. Ela é bonita. Parece cansada, os cabelos castanhos presos em um coque com algo parecido com uma agulha grossa com uma pedra brilhante na ponta. Veste calça jeans manchada, regata preta amassada e olheiras. Mas é bonita. Tem uns olhos assim, desenhados, felinos.

4.

Uma noite, ainda de tutu e coque, Rosa foi levada pela babá até a sala de jantar. Seus pais aguardavam com sorrisos idênticos:

"A mamãe está grávida!"

Sua mãe disse a frase com uma voz estranha, embargada. Depois, chorou. Rosa não entendeu. Era uma notícia ruim?

"Não, meu amor. É uma notícia maravilhosa!"

Rosa fez uma careta:

"Você tá chorando, mamãe..."

"São lágrimas de alegria!"

A menina ficou desconfiada. Chorar é tristeza. "Chorar de alegria" deveria ser uma mentira que os adultos contam.

"Você vai ganhar uma irmãzinha!"

Rosa foi abraçada pelos pais, mas não abraçou de volta. Estava confusa: ela não tinha pedido irmã nenhuma.

5.

Almeida entra na sala e fecha a porta atrás de si. Rosa, irritada:

"Quanto eu tenho que pagar pra sair daqui? Odeio ficar em espaço pequeno, sou claustrofóbica!"

Almeida, simpático:

"Bom dia pra senhorita também. Já tomou café?"

Rosa encara ele, com raiva:

"Já. O café de vocês é uma merda."

Almeida ri:

"É verdade."

"Então por que vocês não trocam?"

"Porque a polícia precisa investir seus poucos recursos em outras coisas. Café não é uma prioridade."

"Me diz logo quanto eu tenho que pagar pra sair daqui. Eu tenho dinheiro. Com o troco, vocês compram um café que preste."

Almeida passa a mão na barba e franze as sobrancelhas:

"A senhorita está me subornando?"

Rosa ri abertamente:

"O senhor acha que eu seria burra de subornar um delegado? É claro que não. Mas não existe uma multa para esses casos? Eu dormi no meu carro em um acostamento, não machuquei ninguém."

"Não? Passou por cima do pé do Moreira."

"Foi sem querer!"

"Diga isso pro coitado do Moreira!"

Rosa, impaciente:

"Escuta, eu pago as despesas médicas do rapaz. Foi sem querer, já disse."

"Aqui na sua ficha diz que a senhorita resistiu à prisão..."

"Resisti porque era injusta! Eu não fiz nada!"

"Nada. Apenas atropelou um policial."

"Você parece um disco quebrado! Eu já disse que foi sem querer!"

Almeida suspira:

"E a bebida no volante, srta. Rosa? Também foi sem querer?"

Ela gargalha:

"Eu estava estacionada!"

Almeida sobe o tom:

"Tenha a santa paciência! No acostamento? Não estava estacionada coisa nenhuma. Estava bêbada! Moreira contou quatro latas de cerveja no banco do carona. Bebendo e dirigindo! Podia ter matado alguém!"

Rosa quase grita:

"Como eu ia matar alguém se estava dormindo?"

"*Antes*! Podia ter machucado alguém antes!"

Ela joga as mãos para o alto em um gesto de impaciência:

"Mas eu não machuquei ninguém!"

Almeida insiste:

"O pé do Moreira."

Rosa explode:

"Você é advogado do pé do Moreira? Eu já disse que foi um acidente!"

Alguém bate na porta. Almeida suspira e, antes de levantar, pergunta:

"A senhorita me dá licença?"

"E eu tenho alternativa?"

Almeida levanta e abre a porta. É Peixoto, segurando um arquivo. Almeida acena com a cabeça e vira pra Rosa:

"Já volto, menina."

Rosa dá de ombros, como quem diz "tanto faz".

Almeida fecha a porta, pega o arquivo e sente o seu peso:

"Sabia que ela tinha antecedentes. Como é atrevida!"

Peixoto fica sem graça:

"Senhor, na verdade esse arquivo não é dessa dona, não."

Almeida fecha os olhos por alguns segundos, tentando manter a paciência. O turno mal começou e ele já gostaria que estivesse no fim. Pergunta, pausadamente:

"Então de quem diabos é esse arquivo?"

"Eu puxei o sobrenome dela e encontrei uma outra moça, chamada Violeta. É irmã dela."

Almeida sorri:

"Então a irmã é trambiqueira?"

Peixoto engole em seco, constrangido:

"Não senhor, senhor. A irmã foi assassinada há dois anos."

Assombrado, Almeida encara Peixoto.

Depois, pensa nos olhos de Rosa.

6.

Por mais que puxasse as calças pra cima, não adiantava: as dobras da sua barriga escapavam por toda a borda da calça, torcendo o cós do jeans para baixo. Rosa tinha vontade de chorar e, às vezes, de fato chorava. Abaixo do umbigo e acima do púbis, um risco horizontal havia se formado. Era a consequência de usar calças de cintura baixa, a moda naquela época. A partir daquele ponto, sua barriga se projetava para frente, enquanto a gordura dos flancos se expandia pelos lados direito e esquerdo.

Ela odiava se vestir. Ela odiava se despir.

Seus seios haviam se desenvolvido e parecia que os colegas de sala de aula não tinham outro assunto. Além de cochichos, foram inúmeras as vezes que encontrou enfiados na mochila desenhos que a retratavam.

Rosa de perfil com absurdos seios do tamanho de bolas de basquete. Rosa sentada com a barriga escapando para fora da calça, em dobras infinitas. O colega havia desenhado também uma flecha apontando para seu estômago, onde se lia "banha". Rosa de calcinha, mas sem sutiã, oferecendo-se.

Seios grandes são sinônimo de sexo. É impossível não sexualizar uma mulher peituda. Isso foi uma coisa que ela aprendeu desde cedo. O desenho do corpo definia o destino de uma mulher. O desenho do corpo podia definir até o seu caráter. Se você era gorda, era preguiçosa. Se era peituda, era uma vagabunda.

De criança alegre e atrevida, líder, Rosa se transformara em uma adolescente quieta e tímida. Ela não lembra exatamente como começou. Foi quando espremeu quatro espinhas no domingo à noite (uma no queixo, uma no nariz e duas na bochecha esquerda) e, na segunda, os colegas a chamaram de "cara de pizza"? Foi quando, ao se empolgar defendendo seu trabalho de história na frente da classe, um rapaz gritou "cala a boca, gorda"? Ou talvez tenha sido quando escutou a mãe dizer para uma amiga, enquanto tomavam chá na sala:

"Rosa está na idade da bruxa. Vai passar, mas até lá é difícil de ver."

Enquanto Rosa lidava com a revolta de seu próprio corpo – antes tão seguro, firme e agora desengonçado –, observava o desabrochar da irmã.

Violeta havia sido um bebê excepcionalmente bonito e se tornado uma criança encantadora. Seus grandes e inteligentes olhos eram cor de violeta, e era por isso que havia sido batizada dessa forma, e não para combinar com o nome de flor da irmã mais velha.

Violeta tinha um temperamento dócil. Era uma criança fácil, comportada. Quando bebê, nunca havia passado madrugadas chorando. Havia pegado o peito com facilidade. Raramente ficava doente. Desde o início da sua socialização – as crianças da família passavam a frequentar escolinhas tradicionalmente a partir dos dois anos – era elogiada por ser colaborativa e paciente. E linda! As pessoas paravam para ver Violeta desfilar em seu carrinho de bebê. Mais tarde, era comum ouvir senhorinhas comentar em voz alta quando Violeta caminhava de mãos dadas com a mãe:

"Que mamãe e filha lindas!"

Enquanto isso, Rosa sentia as espinhas triplicarem no rosto, os seios absurdos escapando para fora do sutiã e a barriga transbordando, cheia de celulites. Não frequentava mais as aulas de balé nem de natação: a primeira deformava seus pés, e a segunda deixava seus ombros largos demais. Ela se via gigantesca, grotesca, uma anomalia ao lado da perfeição de cinema da mamãe miss e da irmã perfeita dos olhos violeta.

Estava com um humor terrível, assistindo a uma aula de matemática com os cabelos puxados em um rabo de cavalo – a mãe lhe dissera que cabelos no rosto aumentavam a oleosidade da pele, piorando "essa situação" –, quando viu Duda pela primeira vez.

Experimentando uma dieta que lera na revista *Capricho*, havia comido no café da manhã um quarto do que costumava comer. Quando pensava que ia desmaiar, bebia água. Havia lido que a água enganava o estômago, pois ele se sentia cheio e pensava que estava repleto de comida. Ela sentia dor de cabeça e dificuldade em se concentrar. Quando Duda entrou na sala, acompanhado pela coordenadora pedagógica, foi como uma aparição. Era tão bonito que todos reconheciam sua beleza: mesmo os outros meninos, mesmo os professores. Depois de ser apresentado para a turma, sentou-se na cadeira em frente a Rosa. O cabelo castanho em cachos, o corpo bronzeado, uma regata branca e uma pulseirinha com as cores da Jamaica: depois tudo isso também ficaria gravado em sua memória, mas primeiro Rosa sentiu seu cheiro. Um perfume intenso, mas não enjoativo. Ainda pode senti-lo agora, se fechar os olhos e se concentrar.

Naquele dia, Rosa tomou uma decisão. Seguiria com a dieta da revista. Não comeria mais pães, doces e salgadinhos. Não beberia mais leite ou refrigerante. Se pesaria todos os dias e manteria um diário alimentar. Se ela emagrecesse bastante, seus seios também diminuiriam e teriam um tamanho normal. Com a melhora da alimentação, as espinhas iriam sumir.

Ela ficaria tão magra, sua pele seria tão linda, seu corpo tão perfeito e firme que todos iriam gostar dela – especialmente Duda.

Depois de alguns dias seguindo um regime rígido sem registrar grandes resultados, ela procurou uma alternativa mais rápida.

Rosa tinha treze anos quando induziu seu vômito pela primeira vez.

7.

Almeida entra novamente na sala. Está um pouco perturbado. Rosa, por outro lado, observa as próprias cutículas e parece nem perceber que o delegado retornou. Ele se senta:

"Sinto muito pela sua irmã."

Rosa responde, neutra:

"Já faz tempo."

O delegado arqueia as sobrancelhas:

"Tem coisas que o tempo não apaga nem ameniza."

Rosa, irônica:

"Ah, o senhor faz a linha *delegado sensível*?"

Almeida dá um sorriso triste.

"Bem, se a senhorita não quer falar sobre isso, vamos lá: o que estava fazendo no acostamento essa manhã?"

O rosto de Rosa se ilumina:

"Achei que o senhor fosse mais perspicaz. Afinal, a essa altura todo mundo dessa delegacia sabe perfeitamente o que eu estava fazendo."

Ela faz uma pausa e então completa, alegremente:

"Eu estava dormindo!"

Almeida se impacienta:

"A sua regra é não facilitar, é isso? Vai ser tudo aos solavancos? Eu fiz uma pergunta simples."

"E eu dei uma resposta simples!"

"Ora, pelo amor de Deus..."

"A culpa não é minha se as suas perguntas são idiotas!"

A delegacia inteira escuta quando ele grita de volta, apontando pra ela:

"Olha o respeito, menina! Eu não admito!"

Rosa fica satisfeita:

"Finalmente ele apareceu! O machão! Em dez minutos o delegado já perdeu o verniz de sensível, de humano, de bem-educado e mostrou que é um grosseirão como outro qualquer!"

Almeida, no último segundo, resolve não entrar no jogo dela. Se levanta e vai até a bombona de água no canto da sala. Serve um copo de plástico para si e outro para Rosa. Quando entrega o copo pra ela, escuta um "obrigada" resmungado. Volta a se sentar e então fala, a voz novamente calma:

"Eu não entendo esse comportamento. Uma mulher bonita como você..."

Rosa dá uma risada curta:

"*Uma mulher bonita como você*. Uma mulher bonita como eu é apenas isso: uma mulher bonita e nada mais, delegado. Vocês, homens, presumem que uma mulher bonita deve agir de forma condizente com sua aparência, preveem uma série de comportamentos que precisamos ter, de formas como devemos agir. *Uma mulher bonita não deve correr atrás de homens, uma mulher bonita não deve falar alto, uma mulher bonita não deve fumar, ter opiniões diferentes do marido e do pai e nem – pelo amor de Deus! – ser uma líder.*"

Ela sorri surpresa consigo mesma e comenta:

"Engraçado, eu nunca tinha pensado nisso, mas devo presumir que haja, também, na opinião dos senhores – que sempre têm opinião sobre tudo –, uma forma correta para as mulheres feias agirem."

Almeida arqueia as sobrancelhas, subitamente interessado na teoria. Isso encoraja Rosa, que continua:

"O meu palpite é que elas se divertem muito mais."

Os dois riem brevemente. Rosa solta o cabelo e volta a prendê-lo com aquela espécie de agulha enquanto fala, armando um coque desajeitado no topo da cabeça:

"É um jogo que ninguém nos ensina e ao mesmo tempo esperam que a gente nasça sabendo como funciona."

Almeida se cala por um instante. Coloca a mão no queixo e pergunta, genuinamente curioso:

"E então? A senhorita já aprendeu como se joga?"

Rosa se inclina na direção do delegado e responde, séria:

"O senhor ainda não entendeu? Não importa o quanto eu me esforce para compreender as regras. O quanto qualquer uma de nós se esforce. A gente é mulher – e as mulheres, delegado, sempre estão perdendo."

8.

Sozinha no banheiro após o banho, Rosa examinou seu corpo no espelho. Estava bronzeada, e as marcas do seu biquíni de lacinho eram motivo de orgulho, conquistadas após dez dias tomando sol. Ela, a mãe e a irmã ainda deviam permanecer ao menos mais outros dez dias no hotel, mas o pai já tinha voltado: precisava trabalhar. Embora esse arranjo deixasse Rosa infeliz – ela tinha adoração pelo pai –, Silvia propôs que Violeta fosse dormir com ela, deixando a filha mais velha desfrutar do primeiro momento de privacidade desde que as férias de verão começaram.

"Finalmente a pirralha saiu daqui."

Rosa achava constrangedor dividir o quarto com a irmã de onze anos quando ela já tinha quase quinze. Ao encontrar as gêmeas da outra turma de seu colégio no café da manhã, orientou Violeta para que não deixasse os farelos de pão caírem na sua roupa e vislumbrou um quase sorriso na boca de ambas. Achou que estavam rindo dela por estar "de babá" em plenas férias, mas em seguida as meninas se levantaram para abraçar a colega. Rosa balançou a cabeça e sorriu para o seu reflexo:

"Ninguém mais ri de mim. Agora eu sou magra e bonita."

A carta da beleza sempre vencia o jogo: ela cobria todas as outras.

Satisfeita, Rosa passou as mãos pelos seus seios redondos e firmes – agora, menores –, por sua barriga lisa e escorregou a mão direita no púbis. Sem tocar no clitóris, ficou passando dois dedos delicadamente em toda a extensão do seu sexo enquanto se observava no espelho. Em uma espécie de transe, sem pensar direito no que estava fazendo, foi até o quarto. Fechou as cortinas e, nua, estendeu uma toalha sobre a cama.

Rosa tinha uma vaga sensação de que aquilo era ridículo ou errado, especialmente porque era virgem e não sabia se estava fazendo "do jeito certo". Não era um assunto para ter com as amigas, e nenhuma revista que ela lia falava do tema. Na verdade, ela nem sequer lembrava quando tinha começado a se masturbar. Deitada de bruços, se segurava com as duas mãos no travesseiro e friccionava o corpo no colchão em movimentos ritmados, inicialmente suaves e, depois, frenéticos. Sentia um arrepio no corpo, os bicos dos seus seios ficavam duros e o seu sexo, molhado. Na primeira vez que fez isso, só depois percebeu que a roupa de cama ficara com uma mancha redonda no lugar onde ela gozara, o que a encheu de vergonha. A partir de então, sempre colocava uma toalha para proteger a roupa de cama – e, por isso, tinha o hábito de se masturbar depois do banho. Assim, evitava perguntas sobre levar uma toalha para o seu quarto, pois já estava enrolada nela.

No hotel, sobre a toalha estendida, Rosa pensou em Duda. Ela sempre pensava nele. No primeiro ano de sua chegada à escola, quando Rosa desenvolveu bulimia, Duda era simpático com ela, mas isso não significava nada: ele era simpático com todos. Um dia, no entanto, algo especial aconteceu. Quando ficou tonta de fome e quase desmaiou atravessando o corredor do colégio, foi Duda quem a segurou gentilmente. Rosa não cansava de lembrar disso: suas mãos firmes agarrando sua cintura e, depois, ele entrelaçando seus dedos nos dela para levá-la ao banco do pátio para sentar. Enquanto Duda buscava um copo de água, Rosa repetia para si mesma "ele andou de mãos dadas comigo na frente de todo mundo", como que para se convencer que aquilo realmente tinha acontecido. Quando retornou, Duda se agachou na frente dela e tocou seu joelho enquanto oferecia a água:

"Tá melhor?"

"Sim. É só fome."

Duda fez uma careta:

"Como assim 'fome'? Você não é rica?"

Ela não conseguiu evitar uma gargalhada antes de explicar:

"Estou de regime."

Causava uma boa impressão nos meninos cuidar da alimentação, não comer demais, recusar lanches e torcer o nariz para junk food. Frequentemente, Rosa e suas colegas diziam "que nojo!" quando um colega aparecia comendo cachorro-quente ou hambúrguer. Na verdade, parecia que o ideal para mulheres era simplesmente não comer. Por isso, ficou satisfeita em poder dizer que estava de regime.

Duda franziu o rosto:

"Ah, nada a ver. Se você quer cuidar do corpo, tem que ser de um jeito saudável. Não pode passar fome. Se eu não te pego ali, você tinha batido com a cabeça no chão. Do que valeria todo esse esforço?"

Rosa ficou boquiaberta. Nunca havia pensado no emagrecimento como um processo que poderia ser feito de forma saudável. Para ela, emagrecer envolvia restrições e renúncias. Diante da mudez confusa dela, Duda respondeu a própria pergunta:

"Seria uma magricela de cabeça quebrada!"

Ela riu de novo, tímida. Ele sorriu e se levantou.

"Rosa, corta essa. Come direito – se quiser compensar de alguma forma, pratica um exercício. Um que você curta, tipo que nem eu com o surfe e o skate, tá ligada?"

Ela sacudiu a cabeça, concordando.

"Massa. Não quero mais saber de ver você desmaiando. Olha lá, hein?"

Duda deu um beijo no rosto dela e foi embora.

Naquela mesma semana, Rosa pediu para a mãe matriculá-la em uma academia. Silvia amou o pedido e comentou, alegre:

"Claro que sim! Você emagreceu, mas não adianta nada emagrecer toda mole e flácida, não é mesmo?"

Flávio, sentado à mesa do jantar, olhou para ela espantado:

"Flácida? Ela tem catorze anos!"

Silvia deu um tapa no ar:

"Homem não entende nada dessas coisas. Nunca é cedo demais para combater a flacidez, a celulite, as estrias e as rugas!"

Então se virou pra filha:

"Você vai malhar na mesma academia da mamãe, amanhã mesmo já faço sua matrícula quando for pela manhã. Quando a escola acabar, pode ir direto pra lá. Vou comprar tênis e roupas adequadas pra você e deixar na recepção, está bem?"

Rosa, contente por fazer a mãe feliz, acenou com a cabeça. Silvia se estendeu na direção dela e lhe acariciou a mão.

"Excelente decisão, minha filha! Excelente!"

Flávio sorriu contente com a interação carinhosa entre as duas, algo que Silvia andava reservando apenas para Violeta nos últimos tempos. No entanto, logo em seguida ela disse, de uma forma menos calorosa:

"Mas não é porque está na academia que pode comer qualquer coisa, ouviu? Tem que continuar comendo direitinho: café da manhã de rainha, almoço de princesa e jantar de mendiga, como a vó de vocês me ensinou. E é claro que você vai frequentar a academia cinco vezes por semana – qualquer frequência abaixo disso é coisa de preguiçosa."

No início de novembro daquele ano, Rosa estava devidamente matriculada. Logo no primeiro dia, encontrou Giovana, uma colega de colégio, na entrada:

"Você vai malhar aqui?"

Ela perguntou, sorridente. Giovana era magra e loira. Rosa teve inveja do corpo da outra:

"Vou, sim."

"Que bom! Assim uma puxa a outra – às vezes estou numa preguiça..."

Embora no início Rosa tenha recebido a amizade entusiasmada de Giovana com desconfiança, aos poucos se estabeleceu uma ligação sincera de afeto entre elas. Essa relação logo migraria para a sala de aula. Gio sentava no fundo, com os meninos populares, desde que havia sido transferida de colégio no meio do ano. Foi aceita pelo grupo com facilidade: era bela, simpática e agradável. A falta de contato entre ambas no colégio se deu por um distanciamento geográfico, acima de tudo: Rosa sentava-se na frente.

"Uma vez eu li na *Capricho* uma coisa muito legal..."

Giovana falou, enquanto elas corriam nas esteiras, lado a lado:

"Quando você começa a fazer academia, em duas semanas, percebe a diferença no corpo. Em um mês, quem convive contigo também percebe. E, em seis semanas, todo mundo percebe!"

"Como assim?", Rosa perguntou ofegante, esforçando-se para acompanhar o ritmo da amiga.

"Ah, tipo, todo mundo percebe que você cuida do seu corpo, sabe? Por exemplo: sabe a Lulu, da 4?"

A Lulu era uma menina do oitavo ano que estudava na turma 4 (elas eram da 1).

"Sei...", então Rosa riu, "Entendi! Só de olhar pra ela dá pra saber que ela é rata de academia."

Era uma ideia maravilhosa: em seis semanas, todo mundo saberia que Rosa cuidava do corpo. E, quando voltassem às aulas, estaria ainda mais bonita. Afinal, a mãe fazia questão de só reservar quartos em hotéis que possuíssem academia – "a gente tem que cuidar do corpo o ano inteiro, inclusive nas férias!" – e Rosa seguiria seu plano de exercícios por lá.

Cinco vezes por semana, como Silvia indicara, ela calçava seu tênis de corrida e passava duas horas suando.

Desde o princípio, imitou o jeito que Gio corria na esteira: elas começavam na velocidade 6,5 para aquecer e iam intercalando velocidades até atingir a potência máxima. Corriam seis quilômetros religiosamente e depois partiam para os aparelhos de musculação.

Giovana também levava, às vezes, revistas *Boa Forma* com treinos das estrelas e pedia aos instrutores que observassem se elas estavam fazendo os exercícios da forma correta – "postura é muito importante", pontuava gravemente. Elas então incorporavam na rotina os exercícios que a Feiticeira fazia para os glúteos ou que a Deborah Secco fazia para o abdômen. Depois de um tempo, outro treino de uma nova musa era descoberto e as garotas iam mudando os seus repertórios.

Na fantasia de Rosa, o acolhimento de Duda quando ela quase desmaiou tinha uma sequência. Ele subia com as mãos da sua cintura para os seus seios, que tocava com delicadeza. Depois, virava ela pra frente dele, eles se beijavam na boca e ele dizia que sempre quis beijá-la. Eles se escondiam no banheiro das meninas do último andar do prédio, menos frequentado, e deitavam no chão do sanitário para pessoas com deficiência, pois ele era maior que os outros. Rosa se deitava de frente pra ele, se esfregando no seu corpo como fazia para se masturbar. Gozava sempre.

Depois de recolher a toalha da cama, pendurá-la no box do chuveiro e limpar o gozo com papel higiênico, Rosa se vestiu. Ia jantar no restaurante do hotel com a mãe e a irmã. Depois da conversa que teve com Duda, ela havia se libertado da compulsão alimentar e do vômito induzido, seguindo uma dieta balanceada, prescrita por uma nutricionista. Silvia, que nunca percebera que a filha havia sido bulímica, não gostava da especialista. Achava "estranho" Rosa comer tantas vezes ao dia – além das três refeições tradicionais, havia lanches e até uma ceia – e não concordava com alguns alimentos liberados.

Rosa chegou antes no restaurante e o garçom trouxe uma cestinha com pães e pastinhas. Rosa pegou um pãozinho integral e molhou em um fio de azeite. Estava prestes a colocá-lo na boca quando a sua mãe apareceu e, da porta, falou alto:

"Pão na hora do jantar?"

A pergunta ecoou no salão e todas as pessoas se viraram para Rosa. Constrangida, ela se levantou e passou pela mãe, sem olhá-la. Entrou no salão de convenções, ao lado. Ele estava vazio e lá ela poderia chorar em paz.

A pressão da mãe era insuportável. Era diária. A garota achou que, conforme emagrecesse, a mãe lhe daria uma trégua. Foi o contrário. Recentemente, Silvia havia dito uma coisa em tom elogioso, que deixou Rosa muito impressionada:

"Você está ótima, então não pode nem engordar nem emagrecer. Tem que ficar exatamente assim."

Tudo o que Rosa comia era observado pela mãe com olhar crítico. Ela também perguntava, frequentemente, se a filha havia ido à academia e quanto tempo havia ficado lá.

E, embora sua nutricionista explicasse que ela podia, sim, comer o que quisesse desde que não cometesse exageros, a ideia foi considerada ridícula por Silvia:

"Beleza dói, querida. Sempre foi assim."

Rosa estava se acalmando quando escutou Violeta chamar por ela no corredor. Atrapalhada, entrou na primeira porta que conseguiu achar, mas então percebeu que era um pequeno armário onde guardavam vassouras e baldes.

Tentou acender a luz, mas não achava o interruptor. Sentindo-se rapidamente sem ar, Rosa girou a maçaneta, já sem se importar em ser encontrada pela irmã, mas a porta não abriu. Cada vez mais desesperada, Rosa começou a girar a maçaneta de todos os jeitos que conseguia, repetindo para si mesma, "por favor, por favor!". A escuridão do armário e o calor que fazia ali não colaboravam para que ela se mantivesse tranquila, e Rosa repetia os mesmos movimentos esperando resultados diferentes.

De repente, sentiu um estalo na porta, que se abriu para fora. Ela deu com os grandes olhos da pequena Violeta, que a observava curiosa e um pouco triste.

Rosa bateu levemente no corpo da irmã com o seu quando passou por ela. Não pediu desculpas. Também não agradeceu.

9.

"A sua irmã também acreditava nisso? Que as mulheres sempre estão perdendo?"

Rosa, novamente olhando as cutículas, desinteressada:

"Por que o senhor quer falar da minha irmã?"

O delegado cruza os braços:

"Por que a senhorita não quer falar da sua irmã?"

Rosa, vencida:

"Embora não se deva responder uma pergunta com outra..."

Ela termina de beber a água. Almeida alcança o copo com a mão e se levanta para enchê-lo novamente. Está de costas para Rosa quando a escuta falar:

"Desde que a minha irmã morreu, eu não consigo dormir direito."

Ainda de costas para ela, Almeida faz um gesto de concordância com a cabeça:

"Sei como é, menina."

Rosa olha para ele, surpresa. O delegado devolve o copo para ela, que pergunta:

"Então o senhor também perdeu alguém?"

Almeida acena com a cabeça.

"Eu sinto muito."

"Obrigado, mas agora estamos falando de você."

Ela fica séria e bebe a água. Começa a falar, devagar:

"Desde que ela morreu, eu tenho o mesmo sonho. Ou melhor, o mesmo pesadelo. Estou numa casa, do lado de dentro de uma casa, e a única saída é uma porta de madeira escura. Eu abro a porta com facilidade, mas assim que faço isso, ela começa a se estreitar. Ela fica cada vez menor enquanto eu tento atravessá-la. Sua estrutura pressiona o meu corpo, meus braços, minha cabeça. Coloco então meu pé para dentro, tentando atravessá-la, mas ela já está minúscula, do tamanho de uma portinha de casa para cachorros. Desesperada, enfio a perna por ela, mas a porta diminui ainda mais, apertando minha coxa. Estou presa, e a pressão na minha perna corta minha circulação. Tento gritar, mas minha voz não sai. Então, eu acordo. Estou sempre suada e meu corpo inteiro dói, como se tudo realmente tivesse acontecido."

O delegado fica em silêncio. Rosa, observando o próprio copo, pergunta:

"O senhor também sonha?"

Ele concorda.

"Com o quê?"

Almeida aponta para o copo dela:

"Com água."

"Sempre o mesmo sonho?"

"Exatamente. Mas ele faz sentido, não é hermético como o seu."

Rosa dá de ombros:

"Na verdade, até que faz sentido. Eu acho que sonho com essa porta porque uma vez minha irmã me resgatou, abrindo um armário onde eu estava trancada. Comecei a ter pavor de lugares fechados naquele dia. Sei que parece besteira, e a coisa toda deve ter durado segundos, mas eu estava desesperada. Ela me ajudou – e eu nem sequer agradeci."

Almeida pensa um pouco:

"Sabe, minha mulher é ligada a esses assuntos. Astrologia, tarô, interpretação de sonhos, essas bobagens todas. E ela diz, sobre os sonhos, que as coisas nunca são tão simples. Se a pessoa sonha com um namorado traindo, por exemplo, não significa que ele realmente esteja fazendo isso. Os sonhos são sinais, avisos, conselhos."

Rosa sorri, divertida:

"Um delegado falando de interpretação de sonhos?"

Ele também ri e se defende:

"É coisa da Andrea, não tenho nada a ver com isso..."

Eles ficam em silêncio por um tempo.

"O que a Andrea acha do seu sonho, o sonho com a água?"

Uma sombra passa pelo rosto de Almeida:

"Eu nunca contei pra ela que tenho esse sonho."

Nesse momento, Peixoto dá três batidas rápidas na porta. O delegado se levanta:

"Menina, quando os rapazes dão essa batidinha, significa que preciso atender um telefonema. A senhorita me dá licença? Isso pode demorar um pouco."

"Tudo bem."

De repente, não parecia mais que a sala de interrogatório era um campo de batalha. Houve uma trégua entre Rosa e Almeida, sem que precisassem acordá-la.

A dor, mais do que a alegria, tem esse poder: une as pessoas.

"Eu vou deixar a porta aberta pra ventilar e você não se sentir mal, está bem assim? Ah, e quando Peixoto perguntar se a senhorita quer um lanche, aceite. O pão de queijo da esquina é ótimo – muito diferente do nosso café."

Ela sorri novamente. Almeida está quase saindo da sala quando Rosa pergunta:

"Por que o senhor não conta pra sua mulher sobre o sonho?"

Ele para, pensa um pouco e responde, sem se virar pra ela:

"Ela não precisa de mais uma memória triste."

Quando entra na sua sala e fecha a porta, Almeida suspira. Ele senta, pega o telefone e escuta soluços abafados e, mais distante, a música ao fundo:

Vete por favor
No me atormentes
Grábate en tu mente
Nuestra despedida
Ya no queda nada
De la cita aquella

En que ebria de besos
Me lo diste todo

"Antônio?"
Andrea está bêbada.

10.

Podia ver e sentir, dali, o quarto abafado – as janelas provavelmente ainda não tinham sido abertas. O cheiro adocicado de álcool. Sua boca arroxeada do vinho, os olhos injetados, a voz pastosa e a carne mole que antes era tão firme. Às vezes, ela passava dias sem tomar banho, mas Almeida não sentia repulsa nem nojo.

Almeida sentia saudade.

"Não cessa, Antônio. Não cessa. Não cessa. Não cessa, Antônio. Antônio... Não cessa, não cessa, não cessa. Não cessa, Antônio. Não cessa. Ai, Antônio. Isso não cessa. Não cessa, não cessa."

Pacientemente, o coração ficando miúdo e dolorido no peito, Antônio ouvia Andrea no telefone.

Na primeira vez, ele a pegara no colo e a colocara na banheira com água morna e espuma. Uma banheira cheia de promessas de aconchego e consolo. Esfregara seu corpo com carinho enquanto ela repetia:

"Isso não cessa, Antônio. Não cessa."

Era a prece de Andrea. No começo, falava enquanto chorava. Depois, foi ficando mecânica, quase distraída. O olhar vazio. *Não cessa, Antônio. Isso não cessa.* Ele sabia, compreendia a mulher. A dor dele não cessava também. No entanto, todos os dias de manhã levantava, lavava o rosto, fazia a barba. Andrea no começo não entendia, não perdoava.

Como podia despertar sem sentir dor?

Por que ele não mergulhava com ela naquela tristeza profunda e imensa? Porque não podiam passar juntos os dias tristes e as noites claras nos lençóis emaranhados e sujos, as bocas roxas de vinho?

Antônio não queria ser condenado pela tragédia.

Isso doía em Andrea.

Isso doía em Antônio.

Irremediável, o destino. Irremediável, a dor.

Irremediável.

11.

Para se recompor depois que Andrea desligou o telefone, o delegado aguarda alguns minutos em sua sala. Aproveita para ler o arquivo do caso de Violeta, ocorrido quando ele ainda não trabalhava naquela delegacia. Almeida volta para a sala meia hora depois, pensativo. Fecha a porta atrás de si e fala, manipulando uma chave que tinha nas mãos, sem olhar para Rosa:

"Menina, o erro de muita gente no meu meio é, ao ouvir trotes no parque, pensar que são zebras."

Rosa franze a testa:

"Onde você foi? Consultar o guia de ditados para delegados esquisitos?"

E ri, mas não é acompanhada por Almeida. Ele coloca as chaves calmamente no bolso da jaqueta, cruza os braços no peito e diz, com um traço de irritação na voz:

"Minha filha, se você está caminhando no parque e escuta um trotar, imagina que são cavalos ou zebras?"

Rosa dá de ombros:

"Cavalos, é claro."

"Pois muita gente complica, enfeita. Quando você investiga um caso, precisa entender que geralmente a explicação para ele é a mais simples."

Ele então faz a volta na mesa enquanto fala, gesticulando:

"Os chavões não se tornam chavões por acaso. *O criminoso age por amor ou por grana. Quem tem mais, quer ter mais. Siga o dinheiro. Investigue o marido.* Et cetera, et cetera, et cetera..."

Rosa se endireita na cadeira e comenta, confusa:

"Entendi o seu ponto, mas ainda não compreendo aonde o senhor quer chegar."

O delegado balança a cabeça afirmativamente uma única vez, de forma rápida e enérgica, e então, de pé no outro extremo da mesa, em frente a Rosa, explica:

"O caso da sua irmã foi encerrado, nunca pegaram o culpado. Se eu ler e reler esse arquivo à exaustão, vou continuar chegando à mesma conclusão que os investigadores chegaram há dois anos."

Rosa faz uma careta:

"Não entendi. Eu estou aqui porque dormi no acostamento, e não por causa do que aconteceu com a Violeta..."

Almeida encara Rosa:

"Será? Uma garota inteligente, pega cometendo um erro banal, um crime ridículo. Eu peço seus antecedentes e me deparo com essa história terrível com a sua irmã."

Ele dá duas batidinhas com o indicador em cima do arquivo sobre o caso Violeta:

"Não acredito em coincidências."

Ambos se encaram por alguns segundos. Ela tenta falar de forma insolente, mas sua voz sai tremida:

"E daí?"

Almeida se apoia no encosto da cadeira com as duas mãos e se inclina levemente na direção dela:

"Acho que estou olhando para a zebra."

PARTE DOIS

1.

Eu e meu pai tínhamos um segredo. Quer dizer, ele nunca me disse "Não conte pra ninguém". E com certeza minha mãe sabia de tudo, mas eu gostava de ver dessa forma: um segredo. Algo muito nosso, muito particular. Sabe, papai sempre trabalhou muito, então quando estava disponível pra gente era um acontecimento. Ele levava a mim e a minha irmã para passear. Íamos ao zoológico, ao circo, ao parque de diversões, às exposições de arte e às sessões de cinema. Papai andava de mãos dadas conosco, orgulhoso. Ele era tão bonito! Alto, cabelos ficando grisalhos, nariz comprido e olhos inteligentes, charmoso e educado: tratava todo mundo bem.

Mamãe não participava desses encontros, era um momento que ela aproveitava para descansar. Demorei muito tempo pra entender quão esgotada ela ficava conosco sempre na volta, demandando. E minha mãe, você sabe, parecia estar sempre representando. Deve ser muito cansativo. Quando a gente voltava desses programas, era comum vê-la de pijamas, uma caneca de chá na mão, a televisão ligada em algum programa bem bobo. Ela abria os braços pra gente, dizia que estava com saudades, beijava meu pai. Era uma boa dupla. Ele estreitava os laços conosco enquanto proporcionava uma folga pra ela.

Quando eu tinha nove anos, papai chegou de viagem às oito da noite. Eu estava deitada na cama lendo e ouvi a porta do apartamento abrir, ele conversar com minha mãe, depois abrir a porta do quarto de Viô e aguardei, alegre, ele abrir a minha porta também. Quando entrou, no entanto, papai não veio me dar um beijo de boa noite, como eu havia previsto. Em vez disso, ele disse:

"Te arruma. Vamos sair. Quero te mostrar uma coisa especial."

Com o coração aos pulos, me vesti rapidinho. Lembro até a roupa que estava usando: um short com miçangas coloridas, uma blusinha branca de algodão e sandálias Melissa. Quando apareci na sala, ele sorriu:

"Perfeito!"

Descemos para a garagem, entramos no carro e rodamos por muito tempo – me pareceu uma eternidade – até entrarmos em uma parte da cidade que eu desconhecia. Cheia de ruas mais estreitas, subidas, casinhas de diversos formatos e cachorros andando para lá e pra cá. De repente, meu pai diminuiu a velocidade e eu ouvi uma música alegre vinda do terreno ao lado. Olhei pra ele, contente. Ele riu alto e comemorou:

"Eu sabia que você ia gostar!"

Neste lugar, meu pai não era "senhor" nem "doutor". Ele era o Flavinho da Rosa.

Desculpa nunca ter te levado lá, Duda. Mas era uma coisa muito minha e do meu pai, sabe? Sou egoísta, não quis compartilhar com ninguém.

Eu amei o beco e o samba assim que botei meus pés lá. Crianças correndo entre os músicos, homens que se cumprimentavam abraçando e dando um beijo no rosto, o coro afinado das mulheres, as latas de Brahma se amontoando nas mesas de alumínio e o churrasquinho improvisado no tonel. Quando entramos no beco, papai foi cumprimentando todo mundo enquanto eu observava, maravilhada, aquele lugar completamente diferente dos que eu costumava frequentar.

Uma senhora estava ao lado da roda, de costas pra gente, e só se virou quando meu pai chamou:

"Oi, mãe!"

No início, eu achava engraçado o meu pai chamar a dona Rosa de mãe. Quando eu era pequena, não entendia como ele podia ter duas mães. Umas três vezes, ele deixou escapar esse "mãe" na frente da minha vó de sangue, enquanto os adultos estavam na sala – meus avós "oficiais", dona Rosa, papai e mamãe. Não houve nenhum constrangimento.

Ela logo olhou meu pai, alegre, e quando me viu, colocou as duas mãos no rosto. Então disse, carinhosa:

"Finalmente você trouxe a minha xará pra roda de samba!"

O nosso dinheiro vem de longe, você sabe. A família do meu pai nunca passou necessidade, embora ele trabalhasse como se tivesse passado. Meu pai se constrangia com o berço nobre, tinha vergonha mesmo. Foi o primeiro homem a não assumir os negócios da família, achava ridículo ler matérias do tipo, "Fulano se torna CEO com 25 anos". Nessas horas, batia com a mão no jornal e comentava com minha mãe:

"Sim, mas ele é filho do dono!"

Os pais dele, além de ricos, eram gente da sociedade. Acho ridículo esse termo, especialmente porque a minha mãe justifica tudo a respeito dos meus avós paternos dizendo isso, "eles eram gente da sociedade". Eles nunca estavam em casa, perderam todas as primeiras vezes do meu pai – a primeira palavra, o primeiro passo, o primeiro dentinho que caiu, o primeiro corte de cabelo – e usavam o menino como um acessório de luxo, mas eram *gente da sociedade*, então aparentemente não podiam evitar.

Papai foi criado por uma funcionária da casa: a Rosa. Ele não foi "praticamente" criado por ela, ele foi literalmente criado por ela. Foi Rosa quem deu banho, alimentou, vestiu, cuidou quando ele adoeceu. Foi Rosa que incentivou que ele estudasse – meu pai fazia a lição de casa na mesa da cozinha enquanto ela trabalhava, o rádio tocando pagode e samba o tempo inteiro –, que deu beijo no joelho ralado para sarar mais rápido, que consolou as decepções, que embalou o menino e segurou a testa do garoto de pileque enquanto ele vomitava.

Um dia, quando era criança, papai pediu pra conhecer a casa de Rosa.

"Teus pais vão achar que é perigoso, Flavinho."

"Ué, mas se é perigoso por que você mora lá?"

Os pais gente da sociedade nem prestaram muita atenção no pedido do filho, que já colecionava argumentos caso precisasse lidar com uma negativa. Rosa ficou contente e arrumou o menino com um capricho que chegou a incomodá-lo:

"Essa camisa aqui não é de usar em festa? E por que você tá cortando minhas unhas de novo? A gente cortou, tipo, anteontem!"

"Fica quieto, Flavinho."

"Pra que tanta frescura?"

Ela olhou pra ele e sorriu:

"Quero que todo mundo veja como eu crio bem o meu menino."

Rosa não tinha filhos, não podia ter. Seu encontro com Flávio foi uma benção pros dois.

Papai nunca deixou de frequentar a roda de samba do beco e a casa da sua "mãe". Mais velho, tentou levar Rosa pra morar com ele, mas ela nunca aceitou. Papai depositava, religiosamente, uma mesada para ela, que chamava de aposentadoria. Ela desistiu de dizer que não precisava. Além disso, meu pai fazia doações regulares para o clube recreativo da comunidade e para a associação de músicos: o samba do Beco da Rosa não podia parar.

Como eu fui feliz naquele lugar! Mesmo com o álcool correndo solto nunca houve uma confusão, uma briga – você acredita? Todo mundo se abraçava quando tocava aquele samba:

A amizade nem mesmo a força do tempo irá destruir

Sabe? Meu coração aperta só de lembrar. Fomos muitas vezes lá, mas menos do que eu gostaria. Com a agenda doida que tinha, você imagine, papai tinha que fazer um verdadeiro malabarismo. Primeiro, priorizava ficar com todas nós juntas, suas três meninas, como ele dizia. Depois, fazia os programas comigo e minha irmã, dando as merecidas folgas pra mamãe. Então tinha os encontros românticos com ela e, depois, se desse tempo, as saídas apenas com Viô ou comigo. Só mais tarde eu descobri o segredo do papai com minha irmã, o programa secreto que era só deles dois. Também vou te contar isso. Vou te contar tudo, Duda.

Depois que papai morreu, nunca mais consegui ir ao Beco da Rosa. Acho que seria doloroso demais, mas por muito tempo aquele lugar foi meu antídoto, meu porto seguro. Rosa sabia, só de bater o olho em mim, se eu tinha tido um dia ruim. Ela então me levava pra perto da roda e dizia:

"Escuta, filha. O verso do samba é conselho."

E eu escutava. Fui aconselhada por Paulinho da Viola, Jorge Aragão, Zeca Pagodinho, Dona Ivone Lara, Martinho da Vila, Fundo de Quintal...

Papai se emocionava ao ver nosso entendimento. Rosa me abraçava e dava um tapa no braço do meu pai:

"Não entendo por que demorou tanto pra trazer a menina pro meu samba!"

Ele ria:

"Muito trabalho, mãe. Mas deu tudo certo. Olha aí como ela ama estar aqui!"

Ela me abraçava mais apertado e perguntava sempre a mesma coisa:

"Flavinho te registrou com esse nome sabe por quê?"

E eu respondia que não sabia, embora já soubesse, só pra ouvir ela dizer:

"Agora, quando ele chama Rosa, nós duas atendemos. Não é bonito?"

Nem me lembrava mais dessa história, por um tempo me afastei de tudo que lembrava o meu pai, de tudo o que me doía. Para abafar a dor, me machuquei ainda mais, porque não ver a Rosa nem ouvir o batuque do beco também doeu. Tive que resgatar muita coisa nos últimos dias, e foi um alívio ver que algumas lembranças já não machucam – ao contrário, elas acalentam.

O difícil, pra mim, não foi lidar com lembranças. O que me doeu foram as descobertas, as coisas que eu não vi – e tantas estavam embaixo do meu nariz!

Eu te escrevo – e desculpa aparecer assim, do nada, depois de tanto tempo – eu te escrevo porque preciso recuperar as coisas que ficaram pelo caminho. Eu te escrevo pra arrumar a confusão que fiz, pra desatar o nó no peito. Eu te escrevo porque descobri uma coisa terrível e preciso fazer outra coisa também terrível e, se eu não escrever, temo não conseguir. Eu te escrevo pra ter coragem, pra me convencer. Eu te escrevo porque sinto a tua falta.

Eu te escrevo na esperança de que você me leia.

2.

Quando as aulas voltaram depois daquele verão em que eu transformei meu corpo, achei que você me olharia diferente. Eu me arrumei para te impressionar. Para contrastar com o bronzeado, vesti uma blusa branca de alcinha e um short jeans claro. Cheguei no colégio com o coração aos pulos, estava contente porque todo mundo comentava como eu estava magra e bonita. Giovana veio correndo me encontrar, nós nos abraçamos e ela entrou de mãos dadas comigo na classe, me mostrando onde eu ia me sentar:

"Esse ano você vai ficar sempre no fundão comigo!"

Eu não sabia se aquilo iria funcionar porque os amigos da Gio não falavam comigo, então estava um pouco apreensiva quando você entrou na sala. Duda, o frio na barriga que eu senti! Estava sentada e me levantei em um pulo, queria que você me visse inteira. Então você foi cumprimentando todo mundo e finalmente parou na minha frente. Eu sorri ansiosa e te abracei. No meio do abraço, você me disse:

"As férias estavam boas, Rosa?"

E nada mais. Não me elogiou, não comentou minha aparência, nada. Fiquei muito triste, não consegui nem disfarçar, e o resto do dia é um borrão pra mim. Me lembro de responder centenas de vezes pra Gio que estava tudo bem. Ela não sabia que eu era apaixonada por você. Ninguém sabia, não era uma coisa que eu comentava.

Durante aquele primeiro mês, o pessoal só falava da festa do Fabrizio, lembra? Ele sempre promovia a primeira festa do ano. No fim, eu fui superacolhida pela turma do fundão, da qual o Fabrizio fazia parte, e então naturalmente fui convidada pra festa. Era a primeira vez que ele me convidava. Fiquei contente, especialmente quando soube que você também iria e também porque, no decorrer daqueles dias, percebi você me olhando várias vezes. Era uma coisa tão adolescente! Bem, nós éramos adolescentes, faríamos dezesseis anos naquele ano. Quando eu te pegava me olhando, meu coração parecia que ia sair pela boca. Mas você não fez nenhum movimento, eram só olhares. Mesmo assim, eu me enchi de esperanças. Tinha certeza de que a gente ficaria junto na festa.

Naquele dia, fiquei uma hora a mais na academia. Queria estar linda pra chamar a tua atenção. Eu vinculava o meu valor ao meu corpo, ao meu peso, era uma coisa muito doentia. Demorei muito tempo escolhendo a roupa que ia usar e acabei chegando atrasada. E qual foi a primeira coisa que vi quando cruzei a porta do salão de festas? Você, de mãos dadas com a Alice. Eu fiquei tão arrasada,

Duda. Tão arrasada! Ninguém sabia que eu gostava de ti, então as pessoas não se importavam de comentar o que estava acontecendo. Adolescentes costumam ser muito cruéis, e naquela noite a coisa menos pesada que eu ouvi sobre você estar com ela foi:

"Mas ela é gorda!"

Ninguém entendeu por que você estava com ela. E eu queria sumir, queria ir embora. Me senti uma idiota completa. Passei todo aquele tempo pensando que, se emagrecesse, você me notaria – e você não ligava a mínima pra essa questão. Tentando disfarçar minha atrapalhação, comecei a beber aquele negócio que o pessoal da turma fazia na época, uma gelatina com vodca. Lembra disso? A gente montava em copinhos de plástico desses usados para cafezinho e, quando a gelatina firmava, apertava o copo na boca, deixando escorregar aquela gosminha para dentro. Era geladinho e doce, e por isso mesmo ficávamos bêbados tão rápido.

De repente, todo mundo estava rindo, brincando de reviver as reuniões dançantes da nossa infância. Diminuíram as luzes, fizeram uma seleção de músicas românticas daquela época e foi em uma do Extreme que Fabrizio me tirou pra dançar. Eu estava um pouco molenga, um pouco febril, a maquiagem escorrendo dos olhos, engolindo a vontade de chorar, evitando olhar pra você e Alice, enfim, lidando com tudo isso, quando ele encostou o rosto no meu. A boca dele foi chegando perto da minha, e me senti subitamente sóbria, assustada. Não é assim que a gente sonha dar o primeiro beijo.

Now that I've tried to
Talk to you and make you understand
All you have to do is close your eyes
And just reach out your hands and touch me
Hold me close, don't ever let me go
More than words is all I ever needed you to show
Then you wouldn't have to say that you love me
'Cause I'd already know

Que confusão. Que tremenda confusão.

Eu só queria que fosse você. Eu sempre quis que fosse você.

3.

Fabrizio não era má pessoa. Mesmo depois, quando fiquei sabendo das coisas que ele disse, não consegui achar ele uma má pessoa. Ele era um garoto, agia como um garoto. Era imaturo. Aliás, conheci muitos homens de meia-idade que ainda agem como ele agia quando tinha dezesseis, dezessete anos. Enfim, Fabrizio não era uma má pessoa. Ele era um homem, com defeitos inerentes a sua condição de homem.

Não foi o caráter dele que fez com que eu nunca o amasse. Eu era apaixonada por você, e esse tipo de sentimento não tem botão de liga e desliga. Eu tentei me apaixonar. Eu andava de mãos dadas com ele, eu viajava para a praia ou pra serra nos feriados com ele, eu almoçava com sua família e ele com a minha, alternando domingos. Assistimos a shows juntos, fomos ao cinema, ficamos abraçados no parque sentados em cima de uma canga na grama, enquanto um amigo tocava violão e eu deixava ele me beijar quando todos cantavam um refrão romântico, como se vivêssemos um sentimento como o descrito na música. Eu ficava irritada se ele dava bola para outra mulher e ele enlouquecia se um homem se aproximasse de mim. Às vezes ele deitava no meu colo e falava sobre o que sentia por mim, se emocionava. Eu não conseguia dizer "eu também", mas eu tentava. Beijava seus olhos, entrelaçava minhas mãos nas dele, chamava ele de "amor".

Quando ele começou a me pressionar pra transar, eu resistia, não por não ter vontade. Claro que eu tinha vontade! Era uma garota com uma produção hormonal a todo vapor – e tinha uma espécie de pressa. Demorei muito tempo para dar meu primeiro beijo e isso me influenciou muito. Antes de beijar Fabrizio, eu só tinha experimentado os selinhos nas brincadeiras de pera, uva, maçã e salada mista. Meu primeiro beijo de verdade só aconteceu com quinze anos. Eu me sentia "atrasada". Todas as minhas amigas já tinham transado. Eu me masturbava com alguma frequência e sentia desejo quando Fabrizio me agarrava, quando colava seu corpo no meu. Só que eu tinha esperança de ter a minha primeira vez contigo. Era uma ideia ridícula, é claro, pois você me via como uma amiga. Às vezes eu dava de cara com o teu olhar, notava você me observando, mas nunca passava disso.

Uma tarde, depois de almoçarmos na casa de Fabrizio, os pais dele saíram para ir ao cinema. A gente ficou sozinho, o que não era galho, já namorávamos fazia meio ano. Nossos pais sabiam que em algum momento isso iria acontecer. O pai de Fabrizio já tinha falado com ele sobre camisinha. Minha mãe foi vaga, um discurso sobre como era essencial fazer amor apenas com um namorado, para não ficar com má fama. Eles aprovavam nosso relacionamento. As famílias tinham dinheiro e sobrenome. Nós éramos dois jovens bonitos e – teoricamente – apaixonados. Só meu pai era reticente:

"Gosta desse rapaz de verdade ou gosta da situação? Gosta de ter um namorado ou gosta dele?"

Como papai conseguia enxergar tão bem? Depois de tantos anos sendo humilhada pelos colegas pela minha aparência, ser namorada de um dos garotos mais desejados do colégio era uma benção pra mim, um bilhete premiado. Eu não refletia muito sobre o quê, de fato, sentia por Fabrizio. Se o fizesse, o encantamento teria que ser desfeito. A gente terminaria o namoro – para que namorar sem amor? – e eu voltaria a ser o patinho feio.

Você já foi o patinho feio, Duda? Eu aposto que não. Você sempre foi lindo, gentil e alegre. Você sempre foi fácil de amar.

Nesse dia, sozinha em casa com Fabrizio, a gente finalmente transou. Não foi bom nem ruim. Ele colocou uma toalha em cima da cama porque tínhamos lido que eu sangraria. Por algum motivo, não tirei a roupa toda. Estava de vestido e ele levantou a minha saia. Foi muito rápido. Senti incômodo. Ele gozou, e eu, não. Eu demoraria muito para conseguir gozar transando. Quando terminou, ficou um tempo por cima de mim, a cara afundada nos meus cabelos. Então me deu um beijo, um selinho, e disse que precisava ir ao banheiro. Só quando ele saiu de dentro de mim é que percebi que estava sem camisinha. Ele tinha colocado ela e tirou em algum momento, sem que eu percebesse. Ela estava em cima da cama. Me assustei.

Quando Fabrizio voltou, confrontei-o. Ele falou que estava apertando e que não era legal eu ter a minha primeira vez daquele jeito, sem sentir a coisa de verdade. Que íamos agora mesmo, se eu quisesse, comprar uma pílula do dia seguinte. Que ele achava que era impossível engravidar na primeira vez, mas a gente podia se precaver. E que eu deveria começar a tomar pílula. E que eu deveria confiar nele, ele não transava com mais ninguém, não ia me passar uma doença. E que ele me amava e a gente tinha tido a nossa primeira vez juntos.

"Então por que você está chorando?"

Quando conseguiu me acalmar – eu chorava aos soluços e nem sei ao certo porque eu chorava, o que estava colocando pra fora ali –, Fabrizio prometeu nunca mais tirar a camisinha durante o sexo.

No entanto, ele fez isso diversas vezes. E acontecia uma coisa maluca: quando eu tentava falar sobre o assunto, acabava a discussão pedindo desculpas. Fabrizio me acusava de não confiar nele, de não o amar o suficiente. E eu me sentia culpada porque, de fato, não confiava nele, nem o amava.

Conforme fomos tendo mais e mais relações, ele também passou a agir com violência: os tapas que dava na minha bunda foram ficando mais fortes e também eram dados nos meus seios, no meu rosto. Puxava a minha mão abruptamente para que eu pegasse no pau dele, embora eu jamais fizesse o mesmo, puxando sua mão para colocar em algum lugar do meu corpo. Forçava minha boca no seu pau, até atingir a garganta, me sufocando. Quando a gente transava, se eu me queixava de dor, ele me pedia para aguentar até que ele gozasse. Sempre que a relação começava, eu sentia um arrepio de medo. Eu sabia que ia passar os minutos seguintes sendo, basicamente, machucada. No mínimo era incômodo e, no máximo, francamente doloroso. Depois que gozava uma ou duas vezes, ele finalmente fazia de um jeito que eu gostava. Era isso que eu ansiava: a hora em que Fabrizio parava de transar pensando em si e, seguindo a cartilha de filmes pornôs a que assistia e, começava a transar prestando atenção em mim. Foram apenas nesses momentos que consegui gozar durante o sexo com ele.

Ah, Duda, olhando pra trás, pra tudo que me submeti... Que imensa perda de tempo. Que desperdício. Eu queria poder voltar no tempo para falar com essa Rosa, para dizer pra ela que não valia a pena. Que ser aceita no grupo não é, nem de longe, a coisa mais importante na vida – especialmente se faz você se sentir tão mal.

O tempo não retrocede. O que posso fazer, agora, é escrever o que eu passei, tirar isso de mim, expurgar, expor o quanto me senti triste naquela época, embora ninguém percebesse.

O que eu devo fazer, agora, é me perdoar.

4.

Estou exausta. Escrever essa carta pra você faz com que eu precise revisitar momentos muito duros da minha vida – e eu mal comecei. Mas não posso parar. Preciso contar essa história direito, preciso que você entenda o que aconteceu e o quanto eu te amava – e ainda amo.

Tem uma coisa muito importante que preciso fazer, Duda. Nós vamos chegar lá, eu prometo, eu disse e vou cumprir: vou te contar tudo. Preciso que você conheça essa história para que possa me entender, mesmo que escrever isso tudo me machuque – e te machuque.

Eu escrevi que ninguém percebia como eu me sentia mal, mas é mentira. Rosa, a minha avó que não é avó de sangue mas sim de coração, percebia – e meu pai também.

Não havia sinais físicos da minha dor – machucados feitos no sexo ficavam protegidos pelas minhas roupas. Não tinha como enxergar, mas mesmo assim eu pegava papai me olhando em almoços e jantares em que meu namorado estava junto. Era um olhar de incógnita, as sobrancelhas franzidas. E ele nunca tratou Fabrizio bem. Não era grosso, mas não dispensava pra ele a mesma simpatia que dispensava pra todo mundo. Minha mãe achava que era ciúme de pai com filha, inclusive via muita graça nessa situação. Enquanto isso, eu ficava angustiada com medo de que papai descobrisse.

Descobrisse o quê? Eu não sei, eu me sentia um pouco suja quando, depois de estar com Fabrizio, encontrava meu pai. Não pela vergonha do sexo em si, mas pela forma como eu estava sendo tratada. Eu permitia que meu namorado me tocasse de um jeito que eu não gostava e permanecia em um relacionamento com um garoto que não amava, coisas que meu pai nunca me ensinou a fazer. Meu pai me criou para ser independente e forte. E eu me via como carente e frágil. Tinha medo de que ele se decepcionasse comigo.

Em um sábado, eu e Fabrizio saímos para almoçar e ir ao cinema. Percebi, depois do almoço, que havia ficado menstruada e, como estávamos perto da minha casa, passei rapidinho para pegar absorventes. Ele me esperou na portaria, pois sabia que papai estava lá. O clima entre eles não era horrível, mas não era bom – e Fabrizio o evitava. Meu pai estava em casa porque iria, como em todos os anos, ao churrasco de aniversário do "tio" Paulo. Digo tio entre aspas porque ele não tinha laços de sangue conosco, mas era o melhor amigo dos meus pais. Eles se conheciam desde crianças e foram colegas de classe até a formatura no colégio. Desde que me conheço por gente, ele está conosco. É mais parte da família do que os pais da minha mãe – que morreram antes de eu nascer – e do meu pai – que, antes de falecerem, nunca se envolveram sequer na criação do próprio filho, que dirá na minha. Acho que família é um conceito amplo. Tio Paulo sempre fez parte da minha.

Enquanto estava no elevador do meu prédio, comecei a rememorar o que tinha acontecido no almoço: como sempre, eu e Fabrizio não havíamos tido uma conversa profunda. Nossos papos eram superficiais, ele não tinha o costume de perguntar sobre questões importantes da minha vida. E falava muito de si. Ao mesmo tempo, sempre repetia, diversas vezes ao dia, "te amo". Subindo até o meu andar, pensei como estava profundamente infeliz mesmo tendo tudo o que sempre julguei essencial para ter felicidade: um corpo bonito e um namorado lindo que me amava. Não fazia sentido.

Quando entrei no apartamento, papai estava na sala. Mamãe tinha acabado de sair do chuveiro, eles já estavam atrasados. Ele terminava de amarrar o sapato, sentado no sofá, e levantou o rosto quando me viu. Sorri:

"Achei que vocês já estavam no aniversário!"

De forma completamente inesperada, ele me disse rispidamente:

"Ter um namorado não é tudo na vida, sabia?"

Eu, que já estava triste, fui correndo pro banheiro pra que ele não me visse chorar. A princípio, achei que meu pai estava irritado com a minha mãe por fazer eles se atrasarem e tinha descontado em mim. Hoje sei que, ao me ver entrando em casa novamente triste, ele não conseguiu evitar o conselho.

Do banheiro, ouvi quando minha mãe saiu no corredor, o barulho dos seus saltos batendo no chão:

"Rosa voltou pra casa? Ela não ia ao cinema?"

Meu pai não respondeu. Ela bateu na porta do banheiro:

"Está tudo bem?"

Eu me controlei o máximo que pude e respondi que sim, que havia passado para pegar absorventes pois minha menstruação tinha descido. Mamãe recomendou que eu cuidasse para não deixar Fabrizio me esperando por muito tempo ou perderíamos a sessão. Então, voltei a ouvir seus passos no corredor e sua voz falando com meu pai:

"Vamos?"

Ele parecia desanimado:

"Deixa só eu falar com a Rosa antes, ela está chateada..."

Minha mãe interrompeu:

"Imagina, que bobagem! Já estamos atrasados para o aniversário, ela também está quase atrasada para ir ao cinema! E, além disso, Rosa não está chateada. Ela está menstruada. São os hormônios."

Mamãe sendo mamãe.

Vó Rosa também conseguia me ver, me ler, por mais que eu tentasse disfarçar. Um dia, na roda de samba, me puxou gentilmente pra perto da banda e disse:

“Fica aqui um instante, filha. Aluisio Machado quer falar com você.”

Em coro, a banda cantava o refrão de “Minha filosofia”:

Vai passar
Esse meu mal-estar
Esse nó na garganta
Deixe estar
O próprio tempo dirá
Água demais mata a planta

O verso do samba é conselho: água demais mata a planta. A frase “eu te amo”, dita demais, sentida de menos, me sufocava.

Como sempre, eu fui injusta no que disse antes. Não só papai e Rosa percebiam que aquele namoro não me fazia bem: Giovana também desconfiava. Fazia perguntas sutis, mas nunca investigava a fundo. Respeitava minhas evasivas, compreendia meus silêncios. Ela tinha seus motivos, mas isso eu só compreenderia depois.

Com Violeta eu nem cogitava conversar. Eu tinha dezesseis anos, e ela, doze. Ela não compreenderia. Além disso, andava sempre com a cabeça nas nuvens, envolvida nas aulas de teatro que tinha começado a fazer. Passava horas e horas no quarto declamando falas. Se a gente colocasse o ouvido na porta – que ela trancava –, podia ouvi-la “dando texto”, como se diz. Eu imaginava que ela queria ser atriz. Bonita como era, não seria difícil.

Não pensava que o que ela queria era ser dramaturga. Os textos que lia eram escritos por ela mesma. Nas aulas de teatro, ela aprendia o ofício da atriz para poder escrever melhor as falas dos seus personagens – e depois exploraria também como era dirigir uma peça. Tão menina e já tão esperta!

É como se Viô soubesse que iria morrer cedo. Ela tinha pressa de viver.

Durante a minha vida, ouvi muitas vezes que sou egoísta. Ouvi de pessoas muito importantes pra mim, de pessoas que eu amava. Por isso, eu sei que é verdade. É um defeito terrível, mas é verdade. Sou egoísta. Mas o que me dói demais é ter sido egoísta e negligente com Violeta.

Eu não via minha irmã, Duda. Eu não enxergava ela. Esse é, de longe, o meu maior arrependimento.

5.

Fiquei infeliz por semanas quando você nos contou que ia passar seis meses fazendo um mochilão na Europa. Foi ali que você percebeu o que eu sentia, né? Estávamos na beira da piscina da casa da Gio quando você disse, muito displicente, que trancaria a faculdade no segundo semestre para viajar. Me senti tão desnorteada que mergulhei para disfarçar – o que só deve ter tornado mais evidente o meu incômodo.

Seis meses não são nada, mas me pareciam uma eternidade. Eu fazia o cálculo de quantos dias você ficaria fora e achava que não suportaria. Meu relacionamento com Fabrizio era uma chatice, e te ver era a coisa que mais me alegrava. Quando passávamos três dias longe, eu já ficava aflita. Imagina seis meses! Todas aquelas festas, jogos, sessões de cinema, shows e churrascos, todos aqueles eventos que íamos em grupo – era uma turma tão unida! – me traziam alívio. Cruzar com teu olhar, te abraçar na chegada, beijar teu rosto quando nós nos despedíamos, conversar por horas a fio... Era tão gostoso!

Foi na festinha que fizemos antes de você partir que tudo aconteceu. Parece coisa de filme: você ia embora no outro dia! Foi aos 45 do segundo tempo, um plot twist.

Essa parte, meu amor, essa parte não preciso contar porque você estava junto.

6.

A quadra de futebol do condomínio de Alice era ampla o suficiente para cansar mesmo quem estivesse na flor da juventude. Exaustos e suados, os garotos jogavam o que seria a terceira e última partida, para desempatar. Já era noite, mas o calor prevalecia, e mesmo com tanta adversidade – o cansaço e a alta temperatura – os jogadores pareciam se divertir: faziam molecagens, davam gargalhadas, se jogavam no chão dramaticamente para cavar falta e jogavam beijos para as meninas que, nos bancos e mesas de piquenique ao lado, fingiam não dar atenção.

O clima só ameaçou pesar quando Fabrizio falou alguma coisa no ouvido de Duda que, irritado, saiu da quadra. No entanto, o grupo não deu muita bola: o jogo já tinha terminado e todos começaram a desocupar o campo para se juntar às garotas. Em uma atmosfera típica de verão, os adolescentes – quase jovens adultos – se entregavam latinhas de cerveja de uma caixa de isopor cheia de gelo e os garotos ameaçavam sujar as garotas com abraços cheios de suor. Alice, a anfitriã, escolhia qual música tocaria. Alegre, havia mostrado para todos o estojo de CDs que havia ganhado, onde cabiam 116 CDs, uma novidade muito prática naquela época.

Apenas Rosa percebeu que Duda demorava para voltar e resolveu ir atrás do amigo. Enquanto se afastava, mal ouvia a música escolhida por Alice e a conversa dos amigos. Fabrizio estava no banheiro da piscina, onde tomaria uma ducha e trocaria de roupa. Rosa, então, encontrou Duda na cozinha do salão de festas. Ele não havia ligado a luz e o lugar estava iluminado apenas pela lua.

"Ei, então foi aqui que você se escondeu! O que aconteceu?"

"Nada, Rosa. Já vou voltar."

"Voltamos juntos, então."

Percebendo que ela não iria deixá-lo até saber o que havia acontecido, ele suspirou:

"Fabrizio fez um comentário idiota comparando Alice à bola de futebol."

Rosa sentiu vergonha da infantilidade do namorado. Também sentiu ciúmes de Alice, pois achou que o incômodo de Duda com o comentário vinha de um sentimento que nutria pela amiga. Seu rosto queimava um pouco quando comentou:

"Que ridículo. Alice é legal, não merece esse tipo de coisa."

Duda estava abatido, falava de maneira cansada:

"Ele fala esse tipo de merda o tempo inteiro. Já estou de saco cheio."

Rosa, embora chocada ao saber que o namorado fazia esses comentários – ela nunca tinha ouvido ele falar mal da aparência de outras garotas –, não entendeu por que Duda se sentia tão abalado.

"O que tá pegando, Duda?"

Ele olhou pra ela e hesitou. Ela sussurrou, "pode falar". Depois de um longo silêncio, ele finalmente falou, sem conseguir olhar pra ela:

"Um pouco antes das aulas começarem, naquele verão que você voltou diferente, o Fabrizio comentou que te achava uma pessoa descartável. Ele só se aproximou de ti porque teu corpo mudou."

Atônita, Rosa sentiu como se tivesse sido acertada por algum objeto pesado:

"Ele pode ter se aproximado de mim por isso, mas não estaria comigo até hoje só porque eu emagreci..."

Ela se sentia envergonhada. Parecia que estava tentando justificar não só Fabrizio, mas a relação. Uma relação que ela sabia que não era verdadeira.

Ele sorriu, triste:

"Tá bem, Rosa. Eu tentei."

Ela estava confusa:

"Tentou o quê?"

"Nada. Você não entende."

"Então me explica."

"Eu não posso. Eu não quero repetir as coisas que ele disse. São nojentas."

Sem que pudesse controlar, Rosa sentiu os olhos se encherem de lágrimas. Ele percebeu. Estava aflito:

"Eu tentei te avisar. Eu ficava olhando pra você, queria arrumar um jeito de falar contigo quando as aulas começaram, no ano que vocês iniciaram o namoro. Eu não sabia como te dizer isso, como te dizer que ele só tava perto de ti porque você voltou diferente. E então, naquela festa, vocês ficaram e começaram a namorar. Como eu ia te contar? Não tinha como."

Sentindo-se humilhada por descobrir que os olhares que ele trocou com ela por todo esse tempo eram por pena, ela murmurou, as lágrimas caindo sem controle:

"Você só está dizendo isso porque não gosta mais dele, vai ver nunca gostou! Quer estragar nosso namoro por nada, por capricho..."

Ele, magoado:

"Acha mesmo que eu faria algo assim? Contigo?"

"Sim", ela mentiu.

Duda se apoiou no balcão da pia e ficou olhando pra dentro dela. Do salão, ouviam as risadas vindas do lado de fora. Músicas românticas que eles ouviam nas reuniões dançantes nos anos 90 começaram a tocar. Como costumavam fazer, iam relembrar as festinhas de pré-adolescentes dos seus dez anos, quando meninas levavam refrigerantes, meninos, salgadinhos, e todo mundo dançava juntinho.

Rosa também se apoiou no balcão ao lado de Duda, mas de costas para a pia. Não queria ficar de mal. Amanhã ele partiria, a conversa não poderia acabar assim. Mais calma, tentou defender o namorado – e o namoro:

"Fabrizio diz sempre que me ama, me elogia, é... é carinhoso comigo. Ele não falaria mal de mim para os outros."

Duda riu, irônico. Rosa ficou irritada:

"Se odeia tanto ele, por que são amigos?"

"Não somos amigos, éramos colegas de classe."

"Meu Deus! O que aconteceu contigo?"

"Comigo?"

"O que ele disse assim, de tão terrível?"

Ele explodiu:

"Aquela gorda inútil finalmente ficou gostosa."

Em choque, Rosa ficou muda. Os olhos muito arregalados, mirando o chão. De novo: humilhada.

Duda estava muito contrariado, balançou a cabeça, mas continuou:

"Ele sempre fala que, se você engordar de novo, termina contigo. Eu juro que estou falando a verdade."

Sentindo que ia dar um grito, Rosa tapou a boca. Não conseguia nem chorar. Duda continuou:

"Me perdoa te dizer essas coisas horríveis, mas eu não aguentava mais. Desculpe te magoar desse jeito, Rosa. Ele é um idiota completo. Não te valoriza, nunca te valorizou. Não te vê como uma pessoa. E eu fico puto."

Os dois ficaram em silêncio, ela chorando baixinho e ele quase chorando também.

"Pô. Você é muito especial."

Ela não podia acreditar no que estava ouvindo:

"Você acha?"

Ele sorriu:

"É sério que você nunca percebeu?"

A música subitamente explodiu nas caixas de som. Alguém havia aumentado o volume:

Now that I've tried to
Talk to you and make you understand
All you have to do is close your eyes
And just reach out your hands and touch me
Hold me close, don't ever let me go
More than words is all I ever needed you to show

Then you wouldn't have to say that you love me
'Cause I'd already know

Que confusão. Que tremenda confusão.

Ele só queria que fosse ela. Ele sempre quis que fosse ela.

7.

O nosso primeiro beijo, uma coisa tão linda e esperada, aconteceu dois dias antes da minha maior tristeza. Parece que a vida queria me fazer entender que eu nunca seria feliz. Pelo menos não completamente feliz.

Lendo o jornal. Foi assim que papai morreu. Uma coisa súbita, totalmente inesperada. Durante o café da manhã, mamãe foi buscar um pedaço de mamão para ele na cozinha. Estavam só os dois, Violeta e eu ainda dormíamos. Embora tivesse uma verdadeira equipe em casa, minha mãe fazia questão de sempre servir todas as refeições do meu pai mesmo que ele protestasse – você sabe como ela é. Quando voltou, deu com ele sentado na ponta da mesa, como sempre, mas com a cabeça pendendo para frente, como nunca. Ficou parada, assim, como se se mexer transformasse tudo em realidade. Como se ficar parada pudesse, também, reverter o tempo. Como se, se continuasse caminhando e fosse até ele, tivesse que confirmar que o marido não existia mais. Luísa, que trabalhava conosco como cozinheira fazia muito tempo, entrou logo em seguida na sala de jantar para trazer os pratos que seriam utilizados por mim e Viô assim que acordássemos para tomar café. Ela passou ao lado da minha mãe correndo quando viu o estado do meu pai. Parou diante dele, colocou a mão no seu coração – e não os dedos no pescoço, como fazemos para procurar o batimento – e disse, lívida:

"Silvia, o coração parou."

Uma frase e pronto: ele não existia mais.

O marido da Silvia.

O "doutor" Flávio.

O "chefe" para todos os garçons, porteiros e motoristas desta cidade ("bom dia, chefe!", "como vamos, chefe?").

O Flavinho da Rosa.

Papai.

Foi Luísa que nos acordou. Alguém chamou a ambulância, todo mundo corria, mas minha mãe permanecia ao lado do meu pai, de mãos dadas com ele. Violeta, de pijamas, chorava, rouca, o rosto vermelho. E eu dizia, repetia, a palavra "não".

Eu queria apagar esse dia. Parecia um pesadelo – ainda parece.

Ele partiu e você havia partido também. Foi demais pra mim. E, Duda, você foi incrível no jeito que me acolheu, que cuidou de mim. Não se sinta mal, era uma questão de distância. Embora a gente se falasse quando podia, pelo ICQ e pelo telefone, e houvesse a promessa de que você ia voltar e ficar comigo, a comunicação era difícil, eu me sentia muito só. Minha mãe ficou catatônica no começo, e depois... Bem, você sabe o que aconteceu depois. Eu vou chegar lá. E eu também não conseguia me comunicar com a Violeta, eu achava que a gente tinha percepções diferentes do papai e que falar sobre ele sob os nossos pontos de vista talvez derrubasse a imagem que cada uma tinha.

Isso faz algum sentido? Eu não sei, era tudo uma névoa pra mim, acho que nunca amei ninguém como amei meu pai, era simplesmente absurdo que ele tivesse morrido. Ainda me parece absurdo. Uma ideia ridícula, uma coisa injusta demais, dolorosa demais.

Então eu comecei a beber.

Meus avós paternos – os de sangue, não a avó Rosa, que foi quem realmente criou meu pai – tinham problemas com álcool. Era tudo muito discreto, mas se você prestasse atenção, via suas mãos tremendo quando alcançavam até a haste de uma xícara de café. E, pelo menos três vezes, vi meu avô desistir de levar um caneco cheio de chopp até a boca porque percebeu que iria derrubá-lo de tanto que tremia. Então, discretamente, fez o contrário: levou a boca até o caneco, sorvendo um bom gole da bebida, para só depois levantar o copo sem o risco de derrubar o líquido. Minha avó bebia logo de manhã. Mimosa, o nome do drinque. Leva champanhe e suco de laranja. Às vezes, trocava por um bloody mary, mas bebia assim, às sete da manhã, na frente da gente. Como se fosse um expediente normal em todas as casas de todos os avós. Era uma coisa comum, ninguém questionava. Na hora do almoço, ela sempre dizia que uma taça de vinho fazia bem para a saúde, "comprovadamente". E é claro que ela tomava muito mais do que uma taça. E então, algumas horas depois, começavam os intermináveis coquetéis, os garçons uniformizados, a embaixada de não sei onde, um senador que visitava a cidade, uma celebridade em temporada no Theatro Municipal... Juro por Deus: eles saíam todos os dias. E bebiam todos os dias. Nas lembranças que tenho de um ou de outro, sempre carregam um drinque na mão.

Herança genética, predisposição ou simplesmente imitação? Não sei, nunca investiguei. Eu bebia mecanicamente, sem prazer, sem entusiasmo nenhum. O que perseguia, naquelas noites depois que papai morreu e você foi embora, era um desligamento total. Eu não queria estar ali. Eu não queria estar em lugar algum. Eu não queria estar, eu não queria ser. Eu só queria me sentir amortecida, anestesiada. Eu só queria esquecer e ser esquecida. Eu só queria parar de sentir dor.

Enlouqueci minha mãe nessa época. Um dia, sem conseguir se conter, ela me esbofeteou quando cheguei em casa pela manhã. As chamadas não atendidas eram incontáveis no meu celular e ela havia chamado o tio Paulo e a polícia. Estava histérica. Quando eu entrei em casa, cambaleando, ela me olhou muda de espanto. Ficaram os quatro – mamãe, Paulo e dois policiais – me olhando da sala enquanto eu atravessava o hall de entrada. Depois de sentir alívio por eu estar viva, creio que a minha mãe se sentiu humilhada por eu ter colocado ela naquela situação. Senti raiva dela, senti raiva de mim. Quando ela olhou docilmente para os policiais e pediu desculpas pelo incômodo, dei uma gargalhada. Meu pai morto e ela preocupada com o que os outros iam pensar de mim? Fodam-se os outros! Tio Paulo veio até mim rapidamente, me amparando e conduzindo, com certa firmeza, para o corredor, a fim de que eu entrasse no meu quarto e sumisse de vista.

"Qual a graça?"

Achei mamãe dramática. Seus olhos cheios de lágrimas, sentada de manhã no sofá com dois homens uniformizados, envolta num roupão elegante, seus longos cabelos presos em um coque, os olhos inchados. Quando ela olhou pra mim, gravemente, a voz embargada, "qual a graça?", tive vontade de dizer que não estávamos na ópera, mas fiz pior. Embora Paulo tivesse murmurado "não responde" rispidamente no meu ouvido, desobedeci:

"Tá tudo bem, Silvia. Os vizinhos não me viram entrar assim. Todo mundo continua achando que você é a mãe perfeita."

Dois tapas, com a mesma mão. Rápido. Sem dizer uma palavra. Os olhos subitamente secos. E foi se deitar, sem se despedir de ninguém.

Ficamos em silêncio. Paulo me levou até o quarto e conduziu os policiais até a saída. Murmúrios de "sinto muito", de "elas não estão bem". Ele então voltou e bateu na minha porta. Eu havia tirado os sapatos e estava deitada de roupa, o rosto voltado para a janela. Tinha fechado as cortinas a fim de dormir, embora soubesse que aquilo seria impossível depois do que mamãe tinha feito comigo e depois do que eu tinha feito para ela.

"Entra", murmurei.

Eu não podia vê-lo, mas podia senti-lo. Paulo ao lado da porta, os braços cruzados, o cenho franzido, o rosto cansado. Sua voz grave:

"Você não tem ideia do quanto sua mãe está sofrendo. Ideia."

Tive vontade de berrar com ele. Eu também estava sofrendo. Eu estava me afundando. A ideia de nunca mais ver e ouvir meu pai, não poder abraçá-lo, era insuportável. Ainda hoje é insuportável. Tentei falar alguma coisa, rebater – eu era adolescente, impulsiva, queria ter a última palavra sempre –, mas ele não me deixou sequer tentar articular uma palavra:

"E a última coisa que ela precisa, nesse momento, é uma bêbada dentro de casa."

Aquilo doeu porque eu sabia que era verdade. Fiquei em silêncio. Ele abriu a porta do quarto e disse, antes de sair:

"Eu sei que você está sofrendo, Rosa. Mas sua mãe também está, sua irmã também está. Encare. Encare junto com elas. Seja apoio pra sua mãe. Seu pai gostaria disso."

Naquele dia, chorei até sentir dor de cabeça, então me senti esgotada e dormi. Dormi por quatro dias. No quinto, levantei à tarde e fui para o bar.

As coisas não se resolvem tão facilmente assim.

8.

As feministas iriam me matar se lessem isso, mas a verdade é que você sempre me salvou, Duda. Me salvou da bulimia trocando meia dúzia de frases comigo naquela vez no colégio. E me salvou do alcoolismo sem sequer precisar falar nada: bastou você chegar. Você chegou, as coisas voltaram a fazer sentido e eu não queria mais me sentir anestesiada. Eu não queria deixar de sentir nada.

Quando eu te vi tão lindo, tão alegre no aeroporto, esqueci todo o meu nervosismo por reencontrar, também, Fabrizio. Eu tentei traçar, com Gio, planos sobre como eu deveria agir: talvez não fosse muito educado da minha parte te beijar na frente dele, talvez eu pudesse antes conversar para explicar que estávamos namorando à distância e agora íamos namorar pra valer, talvez eu pudesse até não ir ao aeroporto com a turma pra não causar constrangimento...

Todas essas possibilidades eram refutadas pela Giovana, que argumentava:

"O Fabrizio foi um porco contigo. Ele não merece consideração alguma."

Eu terminei com Fabrizio um dia depois do nosso beijo na festa da Alice. Naquela noite, não queria lidar com o término. Queria relembrar, ficar repassando mil vezes o que tinha acontecido, queria pensar em você com força, queria tatuar aquele momento bem fundo na memória. Menti pra ele que estava com dor de cabeça, tomei um táxi e, quando cheguei em casa, deitei de roupa e tudo, abraçada no travesseiro, pra pensar em você. Era só o que me importava.

No outro dia, telefonei pra ele e pedi que viesse me encontrar. Mamãe estava no salão de beleza, papai estava viajando e Violeta passava os finais de semana praticamente sem sair do seu quarto, provavelmente escrevendo. Ela costumava apenas frequentar as aulas de teatro e, eventualmente, topava tomar um lanche com a turma do colégio. E, depois de alguns meses que papai havia morrido, passou a sair para assistir às peças de noite, no Municipal. Ela até perguntava, no início, se mamãe ou eu queríamos ir junto. Como a gente nunca queria, desistiu. Ia sozinha, acho até que preferia assim. Violeta era muito peculiar: tímida, mas independente. Naquele dia, saber que ela estava em casa – embora tivesse apenas catorze anos enquanto eu tinha dezoito – me dava uma sensação de segurança para terminar com Fabrizio. Caso fosse necessário – com homens, nunca se sabe – sei que poderia contar com ela. A Viô tinha fibra. E aqueles olhos...

A cor de violeta dos olhos da minha irmã, sempre tão elogiada, também podia assombrar quem a encarasse por muito tempo.

Acho um pouco triste lembrar esse episódio. Envolveu muito orgulho, sabe? Fabrizio ficou rígido, na sala, engolindo um choro que subia e olhando fixamente para a parede. Não me encarou, não quis me abraçar, não perguntou nada. Deu de ombros e falou "entendi", embora não tivesse entendido coisa nenhuma. Quando ele saiu, sem que eu compreendesse bem o porquê, fiquei muito tempo no sofá da sala, chorando. Olhando pra trás, acho que era tristeza por tanto desperdício de tempo. Como eu pude fazer isso comigo mesma? Um pedaço inteiro da minha vida, dois anos, que nunca mais voltariam.

Acordei algumas horas depois no mesmo sofá. Estava coberta com uma manta, descalça, mas de meias, e havia um copo de água ao meu lado.

Quando lembro desses gestos, a delicadeza discreta de Violeta sempre me comove.

Um dia depois, papai morreu. Fabrizio não foi ao enterro, não me ligou, nada. Você tinha razão, eu era uma pessoa completamente descartável pra ele. Mesmo que não tivesse engordado – seu grande e patético "medo" –, já não era mais sua namorada. Ele não precisava se preocupar comigo – e o fato de o meu pai ter morrido, o sogro com quem ele conviveu tanto tempo, não importava nem um pouco.

Eu passei seis meses em branco. Não lembro como consegui frequentar a faculdade e a autoescola, não lembro de fazer refeições, não lembro de ter encontrado outras pessoas além da família e Gio. Eu realmente não lembro. Um grande borrão. E muita, muita bebida.

Então você voltou e as coisas serenaram. Foi como um suspiro grande de alívio. Nos abraçamos tão apertado no aeroporto! Você tentou me beijar e eu disse "ainda não", baixinho. Estava com vergonha: da turma, da sua família, estava com receio de que Fabrizio fizesse uma cena. Como sempre, você entendeu – você sempre me entendeu – e perguntou no meu ouvido:

"Mas depois, sim?"

E eu confirmei.

Fabrizio, depois de me cumprimentar como se eu fosse uma conhecida qualquer, falou que tinha um compromisso. A tua família abriu as portas da casa pra nós, conversou mais um pouco contigo e deixou "os jovens" – como eles disseram – se divertirem. Teu pai tinha comprado cervejas e carne para o churrasco. Éramos a turminha do terceiro ano de novo, só que agora estávamos na faculdade. Pouca coisa tinha mudado. Ainda nos sentíamos confortáveis juntos. Havia flerte, implicâncias, memórias e gargalhadas. É tão bom não crescer sozinho!

Depois daquela noite, nunca mais nos desgrudamos. Contigo aprendi a ser amada como mulher e não como garota. Entendi que o amor podia ser tranquilo, que não precisava angustiar. Tua calma, tua voz, tua sinceridade. Teu jeito de me tocar, olhar e ouvir. Você sabe ouvir, Duda. É uma característica tão rara nos homens. Ouve com interesse, não se atravessa, não tenta resolver o problema, só escuta. É tão bonito.

Contigo aprendi, também, o que era fazer amor. A tua precisão, a tua mansidão. Tudo tão intenso, tão fundo, tão verdadeiro. Perdi completamente a vergonha, as amarras, andava nua na tua frente, não pedia que apagasse a luz. Que alegria ser tua, assim, inteira: amiga, amante, namorada.

Eu sempre te quis e, quando finalmente ficamos juntos, foi como se Deus apontasse o dedo. Duas pessoas se encontrarem e se amarem no mesmo lugar, ao mesmo tempo... Isso não é um milagre?

Quando a morte do meu pai completou um ano, você teve a delicadeza de me distrair o dia inteiro. No entanto, quando entramos no seu carro para irmos dormir na sua casa, as distrações tinham acabado e eu precisei encarar a dureza daquela data e do seu significado. Olhando o trânsito leve daquela hora pela janela, de repente tive vontade de ver minha irmã. Esse pensamento me surpreendeu. Eu nunca era assaltada pela vontade de conversar com Violeta.

Era como se ela fizesse parte de uma outra cidade, Duda. Aliás, de um outro país. Éramos estrangeiras morando na mesma casa. Não falávamos a língua uma da outra. Só que, enquanto eu não fazia esforço para entender o que ela dizia, ela se empenhava para aprender a me traduzir. Eu achei que teríamos tempo. Achei que, mais pra frente, poderíamos nos tornar amigas. Era isso o que eu pretendia, mas você sabe o que dizem: se quer fazer Deus rir, faça planos.

Até hoje penso na ironia de tudo isso. Foi uma decisão de última hora. Se eu não tivesse pensado em Violeta, desejado ver Violeta, jamais teria visto o que vi. A minha vida não teria, novamente, virado de cabeça pra baixo. Mas mais uma vez eu era lembrada de que não seria feliz, ao menos não completamente.

Na calçada em frente ao condomínio em que morávamos, assim que fechei a porta do teu carro e acenei até você se afastar, vi minha mãe se despedindo do tio Paulo meia quadra à frente. Eu reconheci o carro e pude vê-los porque Silvia já havia aberto a porta, fazendo com que a luz interna do automóvel se acendesse. Já ia apertar o passo para também cumprimentá-lo quando os dois se beijaram.

Senti meu sangue congelar.

Pela primeira vez, quis matar minha mãe.

Seria a primeira de muitas.

9.

Eu tive inúmeras brigas com mamãe depois de encontrá-la com tio Paulo. Inúmeras. Algumas vezes, só usava de ironia e sarcasmo, mas às vezes pegava pesado. O que mais me irritava era que minha mãe não respondia. Se ela ao menos tentasse explicar, se ela pedisse desculpas ou mesmo gritasse comigo, creio que as coisas teriam sido mais fáceis.

Para tio Paulo, reservei meu silêncio. Passei meses sem falar com ele, que parecia cansado.

Uma das piores coisas que disse pra minha mãe – dentre tantas merdas que falei – foi:

"Agora entendo por que você sempre teve medo de que eu ganhasse fama de vagabunda. Chama projeção, Silvia. A vagabunda é você."

Mamãe ficou branca, muda, trêmula. Eu havia entrado na cozinha e a peguei falando ao telefone, carinhosa, com Paulo. Quando, antes de desligar, ela sussurrou "eu também te amo", tive vontade de bater com o telefone na cara dela. Antes tivesse partido para a violência física.

Papai tinha morrido e eu não podia perdoá-la por estar apaixonada. Sempre me pareceu que estar apaixonada fosse o contrário de morrer. Eu achava que era um atrevimento, um desaforo: como ela podia não apenas continuar viva, mas também feliz e amando? Ela deveria permanecer dentro de casa, de preto, chorando, infeliz para sempre. Ela devia isso para o meu pai.

Antes que minha mãe pudesse responder o meu comentário, abri a porta de casa e saí. Fui direto para o bar na esquina. Desde que eles haviam assumido o namoro, eu tinha recomeçado a beber. Não tanto quanto antes. Só bebia quando não podia estar contigo, e me tornei tremendamente dependente de ti nessa época. Era assombrada por um pressentimento de que você me deixaria a qualquer momento. Tinha ciúmes de todas as mulheres que se aproximavam de você. Tive ciúmes até de Violeta.

Um dia, quando cheguei em casa, Luísa me avisou:

"O senhor Eduardo chegou faz cinco minutos."

Dei um beijo no rosto dela e corri, alegre, pra te encontrar. Imaginei que você estaria no meu quarto, me esperando. Em vez disso, ouvi gargalhadas da Viô, vindas do quarto dela, onde vocês dois – com a porta aberta – liam alguma coisa em páginas soltas de papel pautado. Sem conseguir conter meu incômodo, perguntei:

"O que é tão engraçado?"

Você sorriu quando me viu, me beijou de leve nos lábios e disse, mostrando as folhas que tinha na mão:

"A sua irmã, ela é muito engraçada. Escreveu uma peça hilária, estávamos lendo os diálogos. Você precisa ler, é de morrer de rir!"

"Depois eu leio", interrompi. "Vamos pro meu quarto?"

Você acenou com a cabeça, devolveu as folhas pra Violeta e voltou a elogiar a tal peça. Enquanto se encaminhava pro meu quarto, eu olhei pra minha irmã, perscrutando-a. Ela não pareceu perceber e disse, contente:

"Ainda não terminei, mas a história está evoluindo bem. O Duda disse que os diálogos são dinâmicos e..."

Encostei de leve a porta do quarto dela e disse, em voz baixa:

"Ele só está te tratando bem porque quer me agradar. Não seja ridícula."

Eu era cruel com a minha mãe, era cruel com a minha irmã. Não queria que ninguém fosse feliz, pois isso parecia significar que tínhamos esquecido o meu pai. E eu me punia também: nosso relacionamento era a única coisa boa da minha vida nessa época. Eu detestava a faculdade de Administração, detestava conviver com minha família. Odiava sair de casa e também odiava voltar pra ela. Como sempre havia o perigo de encontrar mamãe com Paulo, enrolava meu retorno pra casa parando no bar. Só era feliz com você e, por isso, queria estar contigo a maior parte do tempo. Me magoava quando você não estava disponível, e sei o quanto tornei pesado nosso relacionamento, o quanto te exigi, o quanto te sufoquei.

No final de mais uma briga com a minha mãe, eu disse que queria me mudar, que o dinheiro que meu pai tinha deixado era o suficiente para alugar um apartamento, que não aguentava mais conviver com ela. Mamãe foi irredutível. Depois, quando entrou no quarto enquanto eu chorava de raiva na mesa da cozinha, começou uma conversa com Paulo. O tom de voz dele foi aumentando até que eu ouvi ele gritar:

"Menina mimada, arrogante, mal-agradecida!"

Eu me senti injustiçada e humilhada. Ainda chorando, saí de casa para encontrar Giovana. Queria conversar com a minha amiga e também equilibrar um pouco as coisas: nos últimos meses, eu sempre te procurava depois dessas brigas e imaginava que você não aguentava mais.

Então, quando estava descendo do táxi na frente do prédio de Gio, vi vocês dois. A imagem do abraço prolongado, apertado, bonito entre vocês – ela com o rosto afundado no teu ombro, você acariciando os cabelos dela – foi um soco no meu estômago. Consegui que o motorista não arrancasse com o carro e pedi que retomasse a corrida, me levasse a um bar, qualquer bar, longe dali.

Estava completamente bêbada quando ele apareceu. Colocou a mão nas minhas costas e perguntou se eu estava bem. Lembro de ter virado em sua direção – estava sentada no balcão – e, quando fiz isso, ele aproveitou para segurar minha cintura. Embora eu tivesse os olhos inchados e úmidos, seu comentário foi:

"Está ainda mais bonita que no colégio. E não engordou um grama!"

Fabrizio era incapaz de ver para além da superfície. Incapaz.

Eu disse que ia te contar tudo, toda a verdade, mas o episódio que aconteceu com a Gio, meu encontro com ela quando fui confrontá-la, não consigo. Foi constrangedor demais. Essa história eu guardo só pra mim, tá bem?

10.

Um dia depois de ver Giovana e Duda juntos, Rosa acorda na casa de Fabrizio. Se veste às pressas, confere as chamadas não atendidas da mãe e do namorado, lava o rosto e faz bochecho com enxaguante bucal. Então parte, sem cruzar com os ex-sogros e nem se despedir de Fabrizio, que dorme pesadamente. Vai diretamente para a casa da amiga. Não confere que horas são e nem avisa que fará a visita. Não retorna as chamadas perdidas. Não consegue pensar com clareza, se movimenta apenas com a força da mágoa e do ressentimento.

Giovana abre a porta do pequeno apartamento que alugou depois de sair da casa dos pais. Está sonolenta e boceja quando diz, com a porta entreaberta pois está de camisola, assim que Rosa desce do elevador em seu andar:

"Fiquei feliz quando o porteiro disse que era você. Estava mesmo precisando conversar. Tá tudo bem? Tô passando café."

Rosa pergunta, furiosa:

"Está passando café pra vocês dois?"

Giovana, confusa:

"Vocês dois?"

Rosa passa por ela, forçando a entrada no apartamento, e grita:

"Duda! Duda!"

Acompanhada pelo olhar de sua espantada amiga, Rosa vai até o quarto. Nada. Entra, pateticamente, no banheiro. Nada. A busca acabou. O apartamento, um estúdio na verdade, é minúsculo. Os pais de Giovana foram contra a ideia, mas ela queria pagar do próprio bolso e ele foi o único que coube no seu ordenado de estagiária.

Rosa cruza os braços de pé na sala e pergunta:

"Ele foi embora faz quanto tempo?"

Giovana começa a rir:

"Isso é uma brincadeira? É tipo uma pegadinha?"

Rosa borbulha de raiva:

"Não, sua vagabunda. Eu vi vocês se agarrando ontem, no meio da rua. Não adianta mentir porque ninguém me contou, eu vi. E então? Ele te comeu e foi embora?"

Pálida, Gio mal consegue falar:

"Quê? Você entendeu tudo errado... Como é que você pode pensar que eu... Que ele..."

Rosa ri, irônica:

"Eu também sou uma idiota... Deveria ter visto as bandeiras vermelhas que ele ficou acenando todo esse tempo. Essa coisa de bom moço, de compreensivo, de paciente. Óbvio que era mentira."

Gio estava tão estupefata que seu rosto ficou vermelho. Estava finalmente desperta. Gritou:

"Meu Deus, você é louca? Bandeiras vermelhas? Está dizendo que o Duda agitava bandeiras vermelhas de perigo que você não viu? Rosa, você é toda uma bandeira vermelha. Você é a própria bandeira vermelha. É tão traumatizada e fodida que não sabe diferenciar uma pessoa confiável de uma pessoa escrota. É tão obcecada pelo próprio corpo, por si, que deixou de enxergar os outros. Se é que um dia você enxergou além do seu próprio umbigo... Eu sinto muito que o seu pai morreu, mas nós, seus amigos, estamos vivos, estamos aqui, te queremos bem – mesmo com todas as merdas que você faz repetidamente. Você quer afastar todo mundo? Você é inacreditável!"

Gio abriu a porta do apartamento:

"Eu não estou com cabeça para, mais uma vez, acolher você e suas neuroses. Estou por aqui com elas", ela aponta pra fora. "Sai da minha casa."

Abalada e sem compreender nada, Rosa caminhou, devagar, em direção à saída. Estava prestes a partir quando Gio deu um suspiro profundo e disse:

"Ah, e não estou justificando ter abraçado o teu namorado e nem sei por que vou te contar isso, já que não te importa, mas eu sou gay."

Genuinamente surpresa, Rosa olhou nos olhos da amiga.

"Você realmente não sabia, né? Você, de fato, não presta atenção nos outros."

"Me desculpa, eu... Eu não imaginei."

Giovana dá um tapa no ar, impaciente. Está muito irritada e fala rápido:

"Sim, porque não presta atenção. Quando você fez a burrice de namorar o Fabrizio, eu percebia que aquele relacionamento não te fazia bem e, para mim, estava na cara que você era louca pelo Duda. Mas quando a gente conversava e você evitava as minhas perguntas sobre esse assunto, eu recuava porque sei como é querer guardar um segredo. Quando você se sentisse pronta, talvez me contasse o que realmente sentia pelos dois."

Sua voz treme um pouco:

"Eu sempre torcia, também, para que nessas conversas você de repente virasse para mim e dissesse 'mas e você, Gio? De quem você gosta? Você gosta de alguém?' E você nunca perguntou."

Rosa queria morrer. Balbuciou:

"Eu te peço desculpas, eu...", mas foi interrompida por Giovana, que jorrava frases em um fluxo contínuo, em estado de fúria:

"Eu contei ontem pra minha família. Foi horrível. Eles falaram comigo como se eu fosse uma nojenta. Meu pai gritou comigo, perguntou por que eu não podia ser 'normal'. Minha mãe só chorava."

Ela faz uma pausa, está chorando. Se acalma um pouco e retoma:

"Então ontem encontrei com Duda para desabafar. O que você viu, sua idiota, foi um momento de acolhimento."

"Eu sinto muito, Gio. Eu..."

Giovana, ríspida:

"Não é estranho que eu tenha procurado Duda em vez de você para desabafar? Talvez se você olhasse com mais afeto para os outros, com menos desconfiança, não precisaria dizer que sente muito, não precisaria pedir desculpas o tempo inteiro. Quem sabe você não faz tanta merda, pra não ter pelo que pedir perdão depois?"

Ela se emociona:

"Pelo amor de Deus, acha realmente que eu ficaria com o seu namorado? Eu sou ou não sou sua melhor amiga? Você me machucou, porra!"

Rosa tenta falar de novo, mas percebe que vai repetir "sinto muito" e prefere ficar em silêncio. As duas estão chorando, e é Rosa quem estende os braços pra abraçar a amiga. Giovana resiste um pouco, mas aceita o gesto. Nesse momento, o telefone de Rosa toca. Elas veem o nome de Duda brilhar na tela do celular.

"Fala com ele."

"Não. Agora eu vou ficar com você. Vou te ouvir."

"Agora eu nem sei se quero conversar."

Rosa se assusta:

"Meu Deus, eu sei que fui uma péssima amiga, uma imbecil completa, mas, por favor, me dá mais uma chance!"

Giovana acalma Rosa:

"Eu não estou te expulsando da minha vida. Depois a gente conversa com calma. Eu te amo e isso nunca vai mudar. Mas agora, além de eu estar esgotada, acho que você deveria falar com ele. Se entrou no meu apartamento aos berros, estou imaginando o que deve ter feito com Duda."

Rosa concorda:

"Fiz uma coisa horrorosa."

"Então conserte."

"Não sei se tem conserto."

"Quando tem amor, tem conserto. Vai, Rosa."

Quando a amiga já atravessa o corredor, Gio acrescenta, um pouco irritada:

"E para de achar que você não merece ser amada, que não merece ser feliz."

11.

A gente fez as pazes naquele mesmo dia, você meio sem entender nada. Claro, pra você o que tinha acontecido era apenas esquisito: por algumas horas eu simplesmente havia parado de te atender e de responder tuas mensagens. Quando expliquei sobre o que pensei ter visto, achei que ia ficar bravo comigo, mas ao invés disso, você sorriu e disse:

"Ô, pequena..."

E pronto. Não me constrangeu, não me humilhou, não disse que eu estava louca. Você sabia a barra que eu estava passando, sabia que as coisas andavam confusas pra mim. A morte do meu pai ainda recente, o namoro absurdo da minha mãe com Paulo...

Eu não tenho como justificar, naquele dia, não ter te contado sobre Fabrizio. É o meu egoísmo de novo, minha covardia. Eu tinha medo de te perder. Quando você me perdoou tão rápido, eu fiquei aliviada. Não podia contar, Duda. Não podia arriscar não ter mais você.

Dois meses depois, a relação com a minha mãe continuava insuportável, mas eu já havia desistido da ideia de me mudar. Por isso, foi uma surpresa encontrar ela sentada na minha cama em uma tarde, quando cheguei em casa após almoçar no refeitório da Universidade. De costas pra mim, ela começou a falar assim que eu entrei no quarto. Estava calma:

"Teu pai tinha alguns prédios na cidade. Eles são nossos, agora. Escolhi um apartamento bonito, com dois quartos, bem localizado e que pega bastante sol. Claro que você pode olhar os outros que temos disponíveis, mas creio que esse é o melhor. Pesquisei. Foi reformado, tem um lindo piso de taco e até uma sacadinha."

Ela, então, me estendeu um papelzinho. Não olhou nos meus olhos quando o peguei:

"Esse é o endereço, a chave está na portaria. Você pode ir visitá-lo hoje de tarde, certo? Pelo que eu lembro, não tem estágio nas sextas."

"Mãe, vira pra cá. Vamos conversar."

Ela continuou falando como se não tivesse me ouvido.

"Por favor, volte à tardinha. A turma da sua irmã tem aquele jantar no Clube para resolver o tema do baile de formatura. E eu vou pra serra passar um final de semana de paz e tentar descansar. Preciso que você acompanhe Violeta, ela precisa que um responsável esteja junto e eu não tenho condições de prestar atenção em enfeites de mesa e currículo de DJs."

Antes que eu pudesse dizer qualquer coisa, ela se adiantou:

"Essa é a última coisa que vou pedir para que faça antes de se mudar."

Fiquei sem saber o que fazer. Havia conseguido o que queria, mas não me sentia vitoriosa. Pelo contrário: me sentia derrotada. Como eu não me mexia, ela falou:

"Vá. Sua vó já está lá te esperando."

Não entendi nada e respondi:

"Minhas avós já morreram."

Ela explicou, ainda sem se virar pra mim:

"A avó que você ama."

Minha mãe raramente falava da vó Rosa. Claro que elas se conheciam – a imagem de ambas abraçadas no velório do meu pai foi uma das coisas mais tocantes que eu já vi –, mas não era nada comum mamãe citá-la e, muito menos, visitá-la. Como Silvia não ia nas rodas de samba e minha vó emprestada nunca gostou de sair da sua comunidade, não havia como elas se encontrarem com frequência. Eu não tinha ideia de que mamãe soubesse que eu amava tanto a mãe de criação do meu pai a ponto de chamá-la de vó.

Quando cheguei no apartamento – que ficava no último andar de um prédio muito alto no centro da cidade – vó Rosa me aguardava na portaria. Ao contrário do que sempre fazia, não sorriu quando me viu. Ganhei um abraço protocolar e, durante toda a visita que fizemos para observar o que precisaria ser feito antes que eu me mudasse, ela mal trocou uma palavra comigo. Pensei que estivesse brava com a minha bebedeira do passado, com a minha ausência – eu nunca mais fora ao beco e raramente telefonava para saber como ela estava – ou desaprovasse a ideia de me mudar. Fiquei emburrada. Então mamãe começa a namorar dois minutos depois que meu pai morre e ela fica brava *comigo*?

Estava contrariada na saída do prédio, pronta para pedir um táxi, quando Rosa agarrou meu braço e disse, me levando a um café do outro lado da rua:

"A gente precisa conversar."

Assim que sentamos, antes mesmo que fizéssemos o pedido, ela me perguntou:

"Acha justo tratar a Silvia desse jeito?"

Foi como se ela tivesse me dado uma bofetada. Devolvi com outra:

"Por que você tá defendendo uma mulher que trocou seu filho por outro quando ele nem tinha esfriado no caixão? Aliás, uma mulher que tem nojo de frequentar a sua roda de samba? Ela deve ter vergonha de você!"

Ela me olhou assombrada:

"Então acha que é por isso que Silvia...", mas se calou.

Ficamos em silêncio, eu olhando pra baixo com medo de começar a chorar. Estremeci quando ouvi sua voz novamente, mas ela ainda não falava comigo: fazia o pedido para o garçom.

Duas canecas de chocolate quente vieram. Uma porção de pequenos pães de queijo também. O silêncio foi quebrado quando, depois de me dizer um doce "come, filha", eu entendi que ela ainda me amava e tive coragem de encará-la:

"Desculpa pelo que eu disse. Estou com raiva."

Rosa demorou um tempo me fitando. Finalmente, pegou minha mão por cima da mesa e balançou a cabeça:

"Não, minha filha. Desculpa eu pelas coisas que vou ter que te dizer."

Senti um arrepio na espinha. Eu soube – que coisa engraçada, maluca, eu realmente soube – que a minha vida ia mudar pra sempre naquele momento. Depois de suspirar e soltar a minha mão, Rosa começou a dizer aquelas coisas que iam doer em mim e que também sangravam nela:

"Flavinho foi um bom menino, um bom homem. Não esqueça disso. Não esqueça disso jamais. Ele te amava, amava vocês três com todo o coração."

Fez uma pausa pesada:

"Mas tinha defeitos. Todo mundo tem defeitos."

A partir daí, foi como observar um acidente de carro: eu não conseguia parar de olhar e ouvir, embora soubesse que seria terrível.

"Silvia não frequentava a minha roda de samba porque Flávio levava suas 'namoradas' lá. Ele teve muitas. Silvia sabia. Ela sofria muito – ainda sofre. Tentava ser perfeita para que Flavinho parasse de fazer isso, mas não adiantava. Eu conversei muito com ele sobre isso, dizia que não era certo. Ele prometia que ia mudar, dizia que só amava ela, que a família era tudo pra ele, que ela dava pra ele o que ele sempre tinha sonhado. Mas, como eu vou dizer? É uma coisa de instinto masculino, eu acho. O seu pai era bom, Rosa, mas era um homem. Sempre foi bonito, charmoso. E era rico. As pretendentes abundavam. E seu pai, bem..."

Ela me olhou com o canto dos olhos, envergonhada:

"Seu pai era generoso."

Foi uma porrada atrás da outra. Enquanto ela falava, pela primeira vez me caiu a ficha de que o trabalho do meu pai nem exigia que ele viajasse tanto assim. Pela primeira vez na vida, eu tinha a informação de que meu pai fez minha mãe sofrer durante todo o casamento – e eu nem notei! Provavelmente ele foi o responsável por Silvia ser, hoje em dia, um quase robô, tentando sempre ser perfeita. E o que queria dizer ele ser *generoso*? Ele dava dinheiro pra essas namoradas, talvez uma mesada, presentes?

Eu tinha mil perguntas mas, com o baque, só consegui fazer uma:

"Como eu nunca percebi?"

Vó Rosa parecia ter envelhecido de repente. Contar sobre os defeitos do meu pai, que eu sempre achei que era o homem perfeito, estava doendo mais nela do que em mim:

"Porque ele era discreto. Entenda isso: ele não tinha a intenção de machucar ninguém. Então, quando levava você pra roda, era de lei nenhuma mulher chegar perto dele. Ele nunca iria te expor a isso. As desavisadas que tentavam se aproximar eram afugentadas por mim, rapidinho."

Olhei, no meu jogo americano de papel da cafeteria, uma lágrima cair em cima do acento em "Café do Centro". De marrom-claro, ele passou para marrom-escuro.

Eu me lembro disso. Eu me lembro de achar divertido vó Rosa dar um chega pra lá nas mulheres que se aproximavam do meu pai. Achei que era coisa de mãe ciumenta.

Silvia achou que meu pai, tratando Fabrizio friamente, estava fazendo o papel do pai ciumento. Quantos enganos nessa família, meu Deus.

Embora fosse doloroso, tudo o que eu ouvi fazia sentido. E ela não tinha por que mentir, dava pra ver o quanto lhe doía contar todas essas coisas. Prosseguiu:

"Eu não sei quantas vezes falei com sua mãe sobre isso, filha. Aliás, sua mãe me liga religiosamente, toda quarta-feira, faz mais de vinte anos."

Fiquei surpresa, não sabia que elas se falavam, ainda mais com essa frequência. Rosa continuou:

"Cheguei a dizer várias vezes que ela deixasse Flavinho, mas ela não conseguia. Era o amor da vida dela. Quando eles passavam esses dias distantes, Flávio também sentia falta dela. Só que ele sentia de um jeito que não o fazia voltar pra casa imediatamente. Como eu posso dizer? Ele sentia falta dela à sua maneira. Ela sentia a falta dele com todo o coração."

Eu já não me importava mais com as lágrimas caindo no jogo americano da cafeteria:

"Ela poderia ter se separado, nós não estamos nos anos 60!"

Vó Rosa enxugou as próprias lágrimas e me perguntou, muito doce:

"Você já se apaixonou, minha filha? Você é jovem ainda. Existe um tipo de paixão que parece doença. Você não consegue se livrar, você não quer se curar, você quer ficar doente. Eles tinham momentos bons, momentos lindos, eles tinham vocês e um ao outro. Ela não queria outra coisa da vida. Ela não iria se separar nunca do seu pai. Nunca."

Sequei as lágrimas, dei um gole no chocolate e tentei argumentar:

"Tudo bem, mas ela precisava namorar justo o tio Paulo?"

Pra minha surpresa, vó Rosa deu uma risada curta:

"Paulo amava Silvia que amava Flávio... Essa história é antiga. Vem da infância deles todos. Você me pergunta se ela tinha que namorar justo Paulo? Minha filha, ela deveria ter namorado Paulo desde o início. Esse homem ama a sua mãe com devoção desde que tem dez anos. E nunca teria feito movimento algum enquanto Flávio estivesse vivo – nunca fez. Eu via nos olhinhos dele quando os três, inseparáveis, eram crianças e lanchavam juntos na cozinha. E vi nos olhos dele, anos depois, no dia do casamento. A gente não escolhe quem amar, Rosa. Ele amou a Silvia a vida inteira."

Era informação demais para mim. Pedi licença para ir ao banheiro. Assim que entrei em uma cabine, zonza, me senti subitamente enjoada.

Enquanto vomitava de joelhos no chão de ladrilhos muito brancos daquele lugar, me dei conta de que não menstruava havia muito tempo.

12.

Contas. Eu passei toda a corrida de volta pra casa fazendo contas. Que dia eu havia transado com Fabrizio? Fazia quanto tempo que tinha menstruado? Era período fértil? O dia que menstruei mais catorze dias, quatro pra baixo e quatro pra cima, foi nesse período? Óbvio que o filho da puta não usou camisinha. Eu não lembrava se ele tinha usado ou não, mas era óbvio. E, afinal, eu estava atrasada quantas semanas?

Depois das contas, parti para a avaliação na frente do espelho: meus seios estão maiores? A barriga está maior? Ela já teria crescido?

Eu apalpava meu corpo, nua, e pela primeira vez qualquer sinal de que havia ganhado quilos não me incomodava por questões estéticas. Estar grávida de Fabrizio era a materialização do meu pior pesadelo.

Com a cabeça a mil – pois, ainda por cima, também lidava com o que Rosa tinha falado sobre papai –, ouvi Luísa bater na porta:

"Você já está pronta?"

A merda do jantar no Clube. Eu havia esquecido completamente.

Não me lembro que roupa vesti, apressada, para sairmos. Não lembro do caminho de ida, do maître nos encaminhando até nossa mesa. E evidentemente não consegui comer nada, meu estômago estava embrulhado e eu só pensava que precisava fazer um teste de gravidez urgente.

No meio desse turbilhão, Violeta se aproximou timidamente:

"Rosa, eu queria te contar uma coisa."

Eu, ríspida, respondi:

"Não estou com cabeça pros teus problemas agora."

Violeta insistiu:

"É importante."

E então eu explodi:

"Ah, cala a boca, Violeta! Você não tem a mínima ideia do que eu estou passando."

Violeta me olhou, seus grandes olhos úmidos. Então, levantou abruptamente e saiu do salão.

Quando vi minha irmã novamente, naquela mesma noite, ela já estava morta.

Meu Deus, Duda. Parece que foi ontem.

13.

Eu não me mudei. Não poderia. Mal conseguia respirar direito. E eu achei que descobrir as coisas sobre o meu pai fariam eu me aproximar da minha mãe, compreendê-la melhor, vê-la com outros olhos, mas isso não aconteceu. A morte violenta de Viô arrasou a gente, não tínhamos condições de lidar com outra coisa além da nossa dor.

Algumas semanas depois, a mamãe arrumou o quarto de Violeta com a ajuda das empregadas. De uma forma muito prática, ensacou jogos de cama, separou roupas para doar, organizou livros que deveriam se juntar aos da biblioteca na sala, colocou cadernos e papéis em caixas grandes que deveriam ser enviadas, com a ajuda de Paulo, ao depósito que tínhamos na garagem. Embalava seus bibelôs em plástico bolha, sentada no chão do quarto, usando roupas confortáveis. Orquestrava a organização com calma e eficiência: os cosméticos também deveriam ser doados, os discos guardados junto aos discos "da casa", ela depois resolveria o que seria feito dos móveis. No final de dois dias – as empregadas passavam pelo corredor com os olhos inchados de chorar, eu não conseguia nem ver, eu não conseguia sequer passar na frente da porta do quarto da minha irmã sem me sentir fisicamente mal –, no final desses dois dias, com um gesto definitivo, muito prática, mamãe passou a chave na porta e disse:

"Muito bem, muito bem. Obrigada."

Eu fiquei chocada, tinha vontade de bater nela, de enfiar as unhas na sua cara, de berrar que ela estava matando a minha irmã de novo, que ela estava apagando a existência de Violeta, que ela não tinha coração, que ela era a pior pessoa que eu já tinha conhecido na minha vida. Que mãe faz isso apenas algumas semanas depois que a filha morre? É brutal.

Naquela mesma madrugada, eu ouvi gritos. Não, não eram gritos. Eram mais como uivos. Corri pra sala, de onde eles estavam vindo. Mamãe, de pijama, era amparada pelas empregadas e por Paulo. Ela insistia em abrir a porta, pegar o carro e voltar ao lugar para onde as roupas de Violeta tinham sido doadas. Precisava buscá-las. Precisava tê-las de volta. Não suportaria não as ter de volta.

Fiquei olhando a cena, chorando sem falar nada, as empregadas "Dona Silvia, por favor, Dona Silvia", Paulo tentando ampará-la enquanto passava a mão no próprio rosto para afastar a dor, até que mamãe me notou:

"Preciso buscar aquele casaco verde, lembra? Que ela ganhou quando fez catorze anos. Ela deve estar com muito frio."

Em transe, mergulhada em loucura e dor. Ela não fazia sentido, mas o que fazia sentido nessa situação?

Por meses e meses foi assim. Chorava a distância da filha. A ausência da filha. A saudade, a falta, a dor. O apagamento da filha como presença física, palpável. Tinha vontade de botar Violeta pra dentro de novo, se fazer morada, ser porto seguro, ser lar. Chorava a ideia absurda, dolorosa, ridícula, contundente, perversa de que nunca mais – como podia? – veria Violeta novamente.

Como a nossa família não ruiu, não desmoronou, não virou pó depois disso? Ela só tinha dezesseis anos.

Eu e mamãe nunca conseguimos esquecer o que fizeram com Violeta, o que fizeram conosco. Tínhamos sido atingidas, em cheio, no peito. Seríamos, para sempre, mulheres feridas no mais fundo que se pode ferir.

Às vezes, Duda, não sei como estou de pé. Às vezes não sei como consigo continuar viva enquanto minha irmã está morta.

14.

Pela primeira vez na minha vida, deixei de pensar em mim e nos meus problemas. A morte da minha irmã passou como um trator em cima da gente. Durante muito tempo, eu repetia que não tinha como ela estar morta, pois tinha acabado de vê-la. Ter visto minha irmã alguns minutos antes do seu assassinato me parecia uma prova clara de que ela simplesmente não havia morrido. Eu costumava ver Violeta andando nas ruas, entrando em cafés, caminhando com sacolas do mercado. Eu pensava como seria quando ela voltasse, como se fosse possível ela, de fato, voltar. Eu não aceitei a morte da minha irmã. Eu não sabia como fazer isso.

Se, pela primeira vez, parei de olhar para o meu próprio umbigo, fiz na pior ocasião possível. Quando já estava com quase doze semanas de gravidez é que finalmente me dei conta de que precisava lidar com aquilo. Meus seios estavam inchados, doloridos. No enterro de Violeta, cada pessoa que me abraçava me causava dor. Eu sentia refluxo constantemente, um sono acachapante, e meus hábitos alimentares iam de um extremo ao outro: ou não comia nada porque enjoava, ou comia até me fartar e, então, vomitava. Eram sintomas de gravidez, mas também de uma pessoa enlutada. Ninguém reparou.

Giovana foi um anjo, como sempre. Apenas ela ficou sabendo e não me julgou em nenhum momento. Fez algumas pesquisas e descobriu uma clínica clandestina onde eu poderia fazer o aborto. Tudo muito perigoso, ela poderia ter sido presa, mas nunca titubeou. Sempre foi uma boa amiga. Lembra aquele feriado que eu fui pra casa da praia da família da Gio? Antes de pegarmos a estrada, eu fiz o procedimento. Ela me levou e aguardou, nervosa, na sala de espera. Depois, me amparou até o carro – seus pais emprestaram um deles, contentes que Giovana queria passar o final de semana em família depois de tanto tempo –, onde dormi deitada no banco de trás durante todo o trajeto.

Quando subi no segundo andar da clínica, eu tive uma sensação terrível. A Gio não podia me acompanhar, eu estava sozinha. Coloquei aquela roupa esquisita, verde, que é aberta nas costas, e deitei na cama. Duas mulheres, acho que enfermeiras, me auxiliaram. Então, olhando para a luz branca em cima de mim, eu comecei a chorar e disse que estava com medo. Elas disseram que ainda dava tempo de mudar de ideia, mas enquanto diziam isso, me deram alguma coisa na veia e eu apaguei. Eu apaguei, Duda. Quando acordei, tonta, tinha uma bala de caramelo e chocolate na boca. Eu tirei ela com a mão e uma das "enfermeiras" me disse que era pra ajudar. Ajudar no quê? Eu nunca entendi isso. Giovana ficou furiosa, disse que eu poderia ter me engasgado e morrido. O médico disse que estava tudo ótimo, tudo havia corrido bem. Recebi comprimidos que deveria tomar por alguns dias de tantas em tantas horas e um número para ligar quando precisasse, "não importa a hora que for".

Oitocentos reais. Foi o que custou, na época. Oitocentos reais. Rápido, prático, sem complicações. Bala de caramelo e chocolate. A luz branca. O cartão com o número para telefonar, que joguei fora.

Algumas semanas depois, a clínica foi fechada. Foi capa de jornal. O médico, as duas mulheres que me deram alguma coisa na veia enquanto mentiam que ainda dava tempo de mudar de ideia. Duas adolescentes com seus namorados, uma garota acompanhada pelo pai. Todo mundo preso por interromper ou ajudar a interromper uma gestação indesejada.

Eu não entendo esse país.

O feriado na praia foi estranhamente tranquilo. Eu ainda estava grogue quando cheguei, mas na sexta acordei me sentindo melhor, sem dores. Eu me sentia "normal". Todo mundo me tratava com muita delicadeza por causa da morte da Violeta, então me deixavam em paz. É muito estranho o jeito que te tratam quando alguém que você ama morreu. Eu já tinha experimentado isso com papai, mas a morte violenta da minha irmã abriu uma porta ainda mais diferente. As pessoas desviam o olhar, falam tão baixo contigo que às vezes é impossível escutar o que dizem e ou te cobrem de gentilezas ou evitam te cumprimentar. Aconteceu muitas vezes no condomínio onde morávamos. Eu via um vizinho, sabia que ele tinha me visto, mas a pessoa disfarçava.

Ninguém sabe como agir.

Os pais de Giovana não eram diferentes, mas ao menos me deixavam em silêncio. Eu ficava na rede da varanda com um livro – que permanecia fechado no meu colo – ou no quarto, dormindo. Giovana às vezes aparecia para averiguar como eu estava e me contar as novidades do seu "retorno" para a família.

"Mamãe agora faz questão de dizer, sempre que tem oportunidade, que ela e papai assistem a *Will & Grace* e que acham muito, *muito* engraçado!"

Só a Giovana para me fazer rir naquela situação. No domingo pela manhã, seu pai colocou um CD do Elton John em um volume considerável e, quando eu e Gio passamos juntas por ele, indo caminhar na praia, ele nos olhou orgulhoso, apontando para o aparelho de som:

"Um grande artista!"

E então, com as duas mãos espalmadas, fez um gesto abrindo-as, lado a lado, e disse, muito decidido:

"Sem homofobia nesta casa!"

Era cômico, mas também comovente: Giovana revirava os olhos enquanto sorria, genuinamente feliz.

Quando eu voltei daquele final de semana, achei que o pior tinha passado, mas alguma coisa aconteceu dentro de mim. Não sei se foram os hormônios, o trauma, a morte ainda tão recente da minha irmã... Eu não conseguia mais me aproximar de você, Duda. Eu tinha – na verdade, ainda tenho – a impressão de que tudo o que eu tocava se extinguia. Eu sentia que não merecia você, porque você, tão jovem e lindo, não tinha que lidar com uma pessoa tão quebrada e fodida como eu. Eu não conseguia mais me comunicar contigo.

Pedi pra você me deixar quantas vezes, Duda? Você se negava. Dizia que ia passar, que as coisas iam melhorar, e eu não conseguia dar jeito de te explicar que não. Não tinha conserto, não tinha volta.

Minha última tentativa para te afastar foi aquela que você sabe: dizer que tinha transado com Fabrizio e que estava apaixonada por ele. A sua expressão, naquele dia... Eu nunca vou me esquecer. Eu teria preferido que você gritasse comigo, qualquer coisa. A sua expressão, Duda, me partiu ao meio. Ela acabou comigo.

Desculpa te ferir. Eu estava tentando me punir.

Estou quase lá. Quero que você entenda em que situação eu estava quando forcei o seu afastamento. Quero que você saiba como eu estava quando descobri uma coisa assustadora. Quero que você tente se colocar no meu lugar. Quero, preciso, que me compreenda.

Agora não posso mais voltar atrás.

Eu queria que as coisas tivessem sido diferentes.

Meu Deus, Duda! Eu vou fazer uma coisa terrível.

15.

Delegacia.

"Minha filha, se você está caminhando no parque e escuta um trotar, imagina que são cavalos ou zebras?"

Rosa dá de ombros:

"Cavalos, é claro."

"Pois muita gente complica, enfeita. Quando você investiga um caso, precisa entender que geralmente a explicação para ele é a mais simples."

Ele então faz a volta na mesa enquanto fala, gesticulando:

"Os chavões não se tornam chavões por acaso. *O criminoso age por amor ou por grana. Quem tem mais, quer ter mais. Siga o dinheiro. Investigue o marido.* Et cetera, et cetera, et cetera..."

Rosa se endireita na cadeira e comenta, confusa:

"Entendi o seu ponto, mas ainda não compreendo aonde o senhor quer chegar."

O delegado balança a cabeça afirmativamente uma única vez, de forma rápida e enérgica, e então, de pé no outro extremo da mesa, em frente a Rosa, explica:

"O caso da sua irmã foi encerrado, nunca pegaram o culpado. Se eu ler e reler esse arquivo à exaustão, vou continuar chegando à mesma conclusão que os investigadores chegaram há dois anos."

Rosa faz uma careta:

"Não entendi. Eu estou aqui porque dormi no acostamento, e não por causa do que aconteceu com a Violeta..."

Almeida encara Rosa:

"Será? Uma garota inteligente, pega cometendo um erro banal, um crime ridículo. Eu peço seus antecedentes e me deparo com essa história terrível com a sua irmã."

Ele dá duas batidinhas com o indicador em cima do arquivo sobre o caso Violeta:

"Não acredito em coincidências."

Ambos se encaram por alguns segundos. Ela tenta falar de forma insolente, mas sua voz sai tremida:

"E daí?"

Almeida se apoia no encosto da cadeira com as duas mãos e se inclina levemente na direção dela:

"Acho que estou olhando para a zebra."

Rosa, furiosa:

"O senhor acha o quê, delegado? Que eu matei a minha irmã?"

Almeida balança a cabeça negativamente.

"Não, minha filha. Isso nunca me passou pela cabeça."

Rosa se descontrola:

"Porque se o senhor acha que eu matei a minha irmã, pode me prender agora mesmo. Pode me dar um tiro. É até melhor. Me dá um tiro?"

Sem elevar a voz, o delegado diz, muito calmo:

"Rosa, por que você se sente tão torturada? Você não teve culpa de nada."

Ela arregala os olhos:

"O quê? O senhor leu o arquivo? Se eu tivesse ido atrás da minha irmã naquele momento, absolutamente nada disso teria acontecido. Mas não. Minha vida é uma sucessão de idiotices, de coisas não ditas, de mal-entendidos."

Ainda muito calmo, Almeida serve mais um copo de água pra ela. Rosa bebe e os dois ficam em silêncio por um bom tempo. Ela suspira:

"Se eu tivesse ido atrás dela!"

"Essa obsessão vai destruir a sua vida..."

"Eu já destruí a minha vida há muito tempo."

"Que bobagem. Você ainda é uma menina."

"Uma menina burra que perdeu o homem que amava por falta de coragem, que perdeu a irmã por não ser capaz de ouvi-la, de vê-la. E que entrou em uma garrafa pra fugir da dor. Bebi por tempo suficiente para arrebentar tudo aqui por dentro e parei tarde demais. O estrago já está feito."

Almeida está confuso:

"Como assim *parou*? E as latas de cerveja no seu carro?"

Rosa encara o delegado, surpresa consigo mesma. Seus olhos felinos parecem ainda mais espertos quando ela responde, parecendo plenamente recuperada do abalo emocional anterior:

"Além de um café melhor, seria bom vocês investirem um convênio médico com um bom oftalmologista, delegado."

As latas encontradas no carro são, de fato, de cerveja.

Cerveja sem álcool.

PARTE TRÊS

1.

Cerveja sem álcool. Ela só podia estar brincando.

Eu me levantei da cadeira e fui até a porta da sala. Minha ideia era verificar as latinhas no carro. Então pensei que Rosa poderia estar jogando comigo – talvez ela quisesse justamente isso, que eu a deixasse por alguns minutos. Mesmo com o dobro da sua idade, não consigo decifrar essa menina.

Parei com a mão na maçaneta e Rosa sorriu pra mim, seus olhos castanhos faiscando. Ela parecia um bicho. Um bicho bonito, ferido e arisco. E também parecia prestes a finalmente me contar tudo. Não queria deixá-la. Pensei que podia pedir ao Peixoto para que verificasse o carro e as latas. Finalmente abri a porta e estava prestes a chamá-lo quando escutei o barulho do rádio na delegacia. Gritei:

"Isso aqui não é baile. Já disse que rádio só no pátio e fora do horário de expediente!"

Antes, no entanto, que um dos meus homens desligasse a música, Rosa sorriu abertamente e disse:

"Essa música tocou no enterro do meu pai!"

Aquilo me atingiu de chofre. Música em enterro? Fechei a porta, atordoado. Ela cantarolou:

Pra minha mulher deixo amor, sentimento
Na paz do Senhor
E para os meus filhos deixo um bom exemplo
Na paz do Senhor
Deixo como herança força de vontade
Na paz do Senhor
Quem semeia amor, deixa sempre saudade

Então, ainda sorrindo, comentou:

"Toda a turma que frequentava a roda de samba da mãe de criação do meu pai estava lá. Ele teria gostado. Virou uma celebração à vida. Agora eu consigo enxergar a beleza disso tudo, mas na hora... Funeral é sempre tão triste."

É verdade, Rosa: funeral é sempre triste. E, quando é de criança, é brutal.

2.

A primeira vez que vi Andrea, ela era passarinho. As pernas fortes contrastavam com a delicadeza dos seus gestos e sua capacidade de flutuar no palco. Quando estava sozinha era assim mesmo: flutuante. Subia alguns centímetros do solo, seus pés pairavam no espaço. Era bonito de ver. Mas quando um colega fazia a coreografia com ela, lançando-a no ar, Andrea voava. Segura e linda, como se fosse natural da mulher essa habilidade. Como se todas as mulheres nascessem sabendo voar e, depois, apenas desaprendessem.

Eu a vi pela primeira vez em um espetáculo no Municipal. Estava com a Neide. Coitada da Neide! Nosso primeiro encontro – arranjado por uma ex-colega da academia – já tinha sido desastroso. Neide era uma garota bonita e inteligente, mas muito tímida. Tímida a ponto de não falar. Eu levei ela pra jantar e me senti em um filme mudo. Um constrangimento total, só queria ir embora. Achei que o sentimento era mútuo, por isso fiquei sem reação quando ela me perguntou, quando a deixei em casa naquela noite:

"Sexta-feira nos vemos de novo?"

Surpreso, respondi imediatamente:

"É claro!"

E fui remoendo esse "é claro!", estúpido e espontâneo, até chegar em casa.

Eu tinha, como sempre, dois ingressos para o espetáculo da próxima sexta no Municipal. O Teixeira, diretor do Theatro, era muito gente boa e me descolou entrada vitalícia para qualquer peça que fosse apresentada. Isso tudo porque, quando eu ainda trabalhava nas ruas, recuperei um carro roubado. Foi sorte: recebi o chamado com a placa e, segundos depois, o veículo passou por mim. Liguei a sirene e fui atrás, estava sozinho, nem tinha buscado o meu parceiro ainda, e os ladrões se assustaram. Eram dois meninos, largaram o carro de qualquer jeito e fugiram correndo. Acho que tinham roubado só por molecagem mesmo. Quando averiguei o veículo, encontrei uma caixa de metal no chão do banco de trás. Os garotos não tiveram tempo de ver: entre roubar e deixar o carro, foi tudo muito rápido. Era a bilheteria daquela noite no Municipal, bem na estreia de uma peça com uma atriz famosa da tevê Globo. Em uma época que as pessoas preferiam usar dinheiro ao invés de cartão, dá pra imaginar a quantidade de grana que tinha ali. Passei um rádio pra DP, fechei o carro e levei a caixinha comigo. Quando cheguei na delegacia, não disse nada até o Teixeira aparecer, porque infelizmente não dá pra confiar em ninguém. Quando o homem chegou, esbaforido, e viu que a caixa estava comigo (sem um centavo a menos), precisa ver a expressão que ele fez. Parecia que tinha encontrado o Santo Graal.

Ele quis me pagar uma recompensa, mas eu não aceitei. Só estava fazendo o meu trabalho. Como queria, de qualquer maneira, me presentear, declarou:

"No Municipal, o senhor não paga pra entrar. Nunca!"

Eu tentei protestar, mas foi inútil. No final das contas, gostei daquele acerto. Eu gostava de teatro desde moleque. O brabo foi aguentar a gozação dos colegas: além de já terem me apelidado de Serpico – o policial honesto interpretado por Al Pacino nos anos 70 –, agora também me achavam um maricas que apreciava "coisas de mulher".

Troço engraçado, isso: gostar de arte ser considerado uma característica menor, atribuída jocosamente às mulheres. Não sei se elas realmente gostam mais de ir ao teatro, ouvir música, frequentar exposições ou comprar livros, mas, se isso é verdade, me parece um hábito maravilhoso – e não digno de deboche.

Eu gostava das peças infantis que meu velho me levava esporadicamente pra assistir e também me amarrava no circo. Sei que não pega bem, mas gostava de ver os animais no picadeiro. Ver um elefante assim, na frente da gente, ao vivo, é uma experiência incrível. Quando era adolescente, não fui mais nem ao teatro nem ao circo – não tinha dinheiro. Então, quando o Teixeira ofereceu as entradas gratuitas, achei bem bom.

De tanto assistir a peças, fui aprendendo um pouco sobre teatro e entendendo o que eu mais gostava. Sempre que tinha uma montagem de Shakespeare, por exemplo, eu sabia que ia gostar. No início do primeiro ato eu ficava um pouco confuso com aquele monte de palavra diferente, mas logo engrenava. Era um encantamento.

Entendi que, independentemente do autor, eu gostava de peças do tipo normal. Vou explicar: com início, meio e fim. Peças que fizessem sentido. Pode parecer loucura, mas tinha um monte de espetáculo que não tinha início nem meio nem fim – muito menos, sentido. Umas coisas sem noção, mesmo. Uma vez, vi quarenta minutos de um espetáculo que tinha uma atriz berrando, um ator nu e um homem que repetia sempre a mesma palavra. Pra que montar uma coisa assim? E as pessoas, na plateia, aplaudiam com mais entusiasmo do que quando era uma peça normal. Aliás, aplaudiam mais do que Shakespeare, um sacrilégio! Faziam uns gestos de compreensão com a cabeça ou sorriam dando a entender que tinham sacado a ideia. Desculpe, mas eu não acredito em nada disso. Pra mim, ninguém tava entendendo nada. Uma vez, tinha só dois atores no palco e um radinho. O cara ligava o radinho e sentava em uma ponta do palco. A mulher ficava do outro lado. O som que saía do rádio era do mar. Até é um troço bonito ouvir o mar, mas uma hora enche. Passou um, dois, cinco, dez, vinte minutos e continuava a mesma merda: a moça, o moço, o rádio e o mar. E as pessoas em volta estavam fazendo sabe o quê? Chorando! Estavam chorando, eu juro. Se eu não tivesse visto, não teria acreditado. Cogitei que poderiam estar chorando por terem gastado dinheiro pra ver aquela porcaria – faria sentido –, mas no final, aplaudiram fervorosamente. Acho que deve ser chique dizer que entendeu uma coisa que não faz sentido. E essa gente gosta muito de dizer assim, "é uma metáfora". Tudo é uma metáfora. Eu francamente não entendo. Uma vez, depois de uma matinê de mais uma dessas peças incompreensíveis – todos os atores tinham nomes de legumes e eles moravam numa bota, ou algo assim –, eu estava bebendo uma cerveja no café do Municipal quando escutei uma mulher dizer pra outra:

"Essa peça é uma metáfora sobre o capitalismo."

Eu não entendo. Então por que não montam, logo, uma peça sobre o capitalismo?

Além de gostar de espetáculos com início, meio e fim, eu preferia as peças com bastante diálogo. Adorava também os monólogos, geralmente interpretados pelos melhores atores do elenco. Isso sim era emocionante de ver! Tem um monólogo de Macbeth, por exemplo, que é de arrepiar. "A vida é uma história contada por um idiota, cheia de som e de fúria, sem sentido algum." A gente aplaude com força no fim do ato – e nem é o fim do espetáculo! –, mas não tem como deixar o ator sair do palco sem ouvir o aplauso. Ele merece!

Em espetáculo de dança não tem muito diálogo, muito menos monólogo, então nunca foi a minha parada. Eu até assistia, mas não me entusiasmava tanto. Então imagine o quão arrependido eu não estava quando fui buscar a Neide, que não falava, pra ver um espetáculo onde também não se falava?

A vida realmente é contada por um idiota e não tem sentido nenhum. Quando estacionei o carro na frente do Municipal naquela noite, não imaginava que tudo ia mudar para sempre.

A primeira vez que vi Andrea, ela era passarinho.

3.

Em relação às mulheres, eu era um homem tímido. Não conseguia abordar uma garota em uma festa – abordar na rua nem me passava pela cabeça –, e era um sacrifício tirar uma moça pra dançar. Minha primeira namorada, a Renata, era nossa vizinha. Tínhamos a mesma idade e brincávamos juntos quando crianças. Era uma molecada na nossa rua e, de noite, como não havia movimento de carro, brincávamos de polícia e ladrão, pega-pega e esconde-esconde. Isso nos dias de semana, naquele horário entre voltar da escola e a mãe chamar pra jantar. Aos sábados e domingos, as brincadeiras eram de dia: subir em árvore, pescar no rio, ver as meninas jogarem amarelinha, pular corda... Uma infância feliz. Renata era a menina mais bonita de todas, filha da costureira, e eu sempre fui apaixonado por ela. Quando tínhamos dez anos, passamos a andar de mãos dadas e a nos identificarmos, solenemente, como namorado e namorada um do outro. Só com doze anos nos beijamos de verdade – embaixo de uma árvore, escondidos, em uma noite de festa junina! Ficamos juntos até meus vinte e poucos, quando a mãe dela faleceu e Renata precisou se mudar para a casa de uns tios no interior. No início, tentamos levar a relação à distância, mas não deu certo. Eu era muito jovem, mas amava Renata de verdade e sofri pra burro.

O jeito que dei pra não pensar tanto nela foi me jogar de cabeça nos estudos. Eu já tinha entrado na faculdade de Direito e era um bom aluno, mas não passava um dia sem que meu pai reclamasse. Ele dizia que eu tinha escolhido uma faculdade de rico esquecendo que a gente era pobre. Que ninguém ia querer ser meu cliente, um advogado com roupas fodidas. Que estudar era uma desculpa para não trabalhar, coisa de vagabundo.

Meu tio Nestor era militar e, um dia, me perguntou por que eu não entrava nessa também. Falei que queria fazer valer o meu diploma – quando ele viesse – de alguma forma na vida real. Então ele colocou uma ideia na minha cabeça: ser delegado.

"Delegado ganha bem, Antônio."

Eu não pensava muito em dinheiro – e ia pensar cada vez menos, por causa de todas as coisas que aconteceram comigo. No entanto, ver meus pais sempre contando os trocados, apertando o cinto, se queixando dos preços do mercado... Isso me dava vontade de ter uma vida mais confortável. Achei que era uma boa ideia, que até soava bem: delegado Almeida!

Mesmo longe de me formar, eu já procurava concurso público para a polícia e estudava os editais. Perdi as contas de quantas madrugadas passei estudando. A Dona Zuleica, que Deus a tenha, entrava no meu quarto às cinco e meia da manhã com bolo de milho quentinho e café preto recém-passado. Pedia pra eu comer um pouco antes de tomar banho e pular no ônibus pra ir pra faculdade. Eu dormia sentado, com o balançar do coletivo servindo de canção de ninar. Desde essa época, adquiri a habilidade de dormir em qualquer lugar.

Quando passei no concurso, a faculdade já tinha terminado. Comecei a trabalhar na polícia e ainda estudava para passar no exame da Ordem. Sem exagero, acho que juntando tudo – a faculdade, o concurso, a academia de polícia, a OAB – eu passei uns dez anos praticamente só estudando e trabalhando. Não namorava, não saía com os amigos. Por isso, já tinha quase trinta quando decidi me dedicar só a ser policial por um tempo, antes de voltar aos estudos para tentar o concurso de delegado.

Foi nessa época, com o tempo um pouco mais livre, que levei Neide ao Theatro e vi Andrea pela primeira vez. No outro dia, fui assistir ao espetáculo de novo – sem Neide, é claro. E no outro, também. No domingo, quando estava na saída do Municipal rumo ao meu Chevette velho, vi uma das bailarinas no saguão. E, vencendo a minha timidez, tirando coragem nem sei de onde, me aproximei dela e perguntei pelo nome da moça que era a primeira a aparecer quando o pano abria. Escrevi um bilhete no verso da programação de novembro do Theatro e pedi que a colega o entregasse para ela.

Saí de lá com o coração acelerado, me julgando louco por ter feito aquilo. Fiquei imaginando Andrea amassando o bilhete, revirando os olhos com a minha tentativa de aproximação e pensando, "mais um chato!". Bonita daquele jeito, deveria ter mil pretendentes.

Fui direto pro Boteco do Arlindo. Estacionei e tirei o livro *O silêncio da chuva* do porta-luvas. No bar, sentei na varanda e pedi uma porção de bolinho de bacalhau, uma cachacinha da casa e um chopp da Brahma. Estava imerso na leitura e no terceiro chopp quando fui interrompido:

"Meu nome não tem acento."

Quando olhei para Andrea, não pude acreditar que ela estava, mesmo, ali. Sorrindo, a pele ainda com resquícios da maquiagem do espetáculo e o coque intacto como eu vira havia apenas algumas horas.

"É Andrea, sem acento no *e*. Você escreveu errado."

Eu sorri, maravilhado. Ela sorriu também:

"Não vai me pedir para sentar?"

Não só pedi como, sete meses depois, também fiz outro pedido. Dessa vez, me sentia mais seguro, mas ainda maravilhado.

Eu nunca perdi a capacidade de me maravilhar com Andrea.

O bilhete no verso da programação do Municipal está enquadrado na nossa sala até hoje:

"Andréa,

Você não me conhece e eu sei que isso parece papo de maluco, mas acho que estou apaixonado. Vou estar no Boteco do Arlindo, aqui no centro, a noite inteira. Por favor, passe ali. Se me achar um chato – provavelmente você achará – nunca mais te incomodo. Um beijo, Antônio."

4.

Depois que nos conhecemos, por três semanas, eu e Andrea não fizemos amor. No início, achei que ela estava tentando garantir que eu não perdesse o interesse caso fosse pra cama comigo rapidamente. As mulheres têm dessas coisas, regras, cartilhas, um conjunto de troços que pensam que precisam fazer para não afugentar seus pretendentes. Não sabem que, quando um homem se apaixona, nada disso importa. E eu me apaixonei por ela à primeira vista. Foi coisa de filme. Aliás: foi coisa de teatro.

Quando perguntei para Andrea, timidamente, se ela estava com receio de transar comigo por não confiar em mim, seus olhos – sempre tão acesos, espertos, de um castanho-amendoado, igualzinho a cor dos seus cabelos –

ficaram úmidos e ela olhou pra baixo. Estávamos sentados na mesma mesa do nosso primeiro encontro, no Arlindo. Na hora, pensei que tinha feito alguma merda, que tinha perdido Andrea. Esse sentimento foi uma constante pra mim por anos: eu vivia com medo de perdê-la, ela era demais pra mim. Quando entrávamos em um restaurante, quando caminhávamos na praça do centro de mãos dadas ou quando ela atravessava o salão do Municipal para caber nos meus braços, todo mundo virava a cabeça para olhar. Ela não era apenas bonita. Andrea tinha uma luz, uma coisa que puxava o olhar dos outros. Um ímã. Era gentil com todos, abria seu sorriso por qualquer coisa, gargalhava com frequência e vivia praticando pequenos gestos de gentileza – ajudava uma mãe com o carrinho de bebê, segurava a porta para as pessoas passarem e sempre perguntava para o porteiro do teatro se ele desejava alguma coisa da rua quando saía para comprar café.

Depois que desviou os olhos dos meus, perguntou se poderíamos ir para a minha casa. A gente ainda não frequentava a casa um do outro, no máximo eu a havia deixado na porta do seu prédio, sem entrar. Na frente do imóvel imponente daquele bairro nobre, me senti ridículo com o meu Chevette detonado – depois, ela me contaria que havia se sentido patética naquela mesma noite, entrando em seu prédio metido a besta. Dois bobos.

No caminho para a minha casa, Andrea não falou nada. Eu morava em um apartamento de um quarto, simples, mas arrumado – nunca gostei de bagunça –, e havia deixado o abajur ligado na sala. Pedi que ela ficasse à vontade e fui buscar um copo de água na cozinha. Quando voltei, Andrea observava os livros na estante de madeira:

Rubem Fonseca, Dashiell Hammett, Raymond Chandler e os recém-lançados de Garcia-Roza. Ela sorriu:

"Um policial que gosta de romances policiais."

Sorri de volta.

Andrea fez a volta no pequeno cômodo, pegando objetos aleatoriamente – um porta-retratos com meus pais sérios olhando para a câmera, uma placa em bronze que os colegas da delegacia tinham feito com meu apelido, "Serpico", gravado, que ganhei de aniversário e um pequeno radinho de pilha –, passou a mão delicadamente na samambaia pendurada junto à janela e enfim sentou na poltrona ao lado do abajur:

"Gostei, Antônio."

Eu me sentei no sofá de dois lugares ao lado dela, entreguei o copo de água e esperei. Embora estivéssemos saindo juntos havia poucas semanas, eu já conhecia os códigos de Andrea. Ela ia falar o que precisava falar em seu próprio tempo, sem que ninguém precisasse pressioná-la. E, depois de alguns minutos, foi justamente o que fez:

"Meus pais são casados e, aparentemente, felizes. Eu sempre fui amada. Sempre tive o carinho da família, sempre fui uma menina cheia de amigas e amigos. Estou dizendo isso porque não sei como aconteceu, como uma pessoa que tinha tudo pra ter uma autoestima fantástica passou tanto tempo envolvida com um homem que não a queria. Pelo menos, não a queria de verdade."

Ela bebeu um gole de água e continuou:

"Eu tinha quinze anos quando conheci o Roberto. Ele tinha trinta."

Eu me mexi na cadeira, tentando disfarçar meu incômodo. Andrea não se abalou. Ela sempre foi muito franca.

"Ele foi na minha escola dar uma palestra sobre literatura e eu me apaixonei no ato. Eu nunca tinha sentido isso. Os garotos do colégio me convidavam pra sair, eu sempre tive o corpo bem-feito e não tinha problemas pra fazer amigos, socializar – bom, eu já disse isso –, então não era uma questão encontrar quem quisesse me namorar, mas o negócio é que eu não sentia nada. Beijava na boca, dava uns amassos, mas nunca gostava de ninguém pra valer. Perdi a virgindade nas férias de verão com um argentino dois anos mais velho e tentei me convencer de que havia vivido um romance naquelas semanas, mas no fundo eu realmente não sentia nada. Deixei de ser virgem como quem arranca um band-aid, sabe? Pá, pum, rapidinho: só queria me livrar daquilo. Por um tempo, pensei que eu deveria ser lésbica."

Ela riu. Olhou pra mim, passou a mão carinhosamente no meu rosto. Beijei a ponta de seus dedos. Andrea continuou:

"Mas então Roberto apareceu no palco daquele minianfiteatro do colégio e eu senti. Eu senti com o meu corpo inteiro. Engraçado, porque ele não era bonito. Eu nunca achei ele bonito, nem quando era perdidamente apaixonada por ele. Baixinho, com os cabelos batendo quase nos ombros, usava óculos de grau eternamente sujos e tinha o nariz comprido. Vivia com uns pulôveres horríveis, sempre manchados de comida que ele deixava cair porque fazia as refeições distraído, lendo romances."

Ela sorriu de novo, mas dessa vez foi um sorriso triste:

"Eu via Roberto como alguém que deveria proteger. Não via maldade nele. Por anos, me convenci de que eu o havia seduzido. De fato, fui atrás dele depois da palestra.

Parecia um conto do Dalton Trevisan: a colegial de sainha listrada (o uniforme do colégio era ridículo) tentando o professor tímido. Bobagem, hoje eu sei. Eu não era a primeira que caía no golpe e não seria a última. Mas, na época, era jovem e burra o suficiente pra achar que nada aconteceria se eu não quisesse que acontecesse. Achava que estava no comando. Não via manipulação. Achei que ele também estava apaixonado por mim."

Eles passaram anos juntos. Ela encontrava com ele sempre que podia. Passou a inventar mentiras. Bolava planos para que pudesse encontrá-lo, mesmo que brevemente. Andrea não sabe como conseguiu fazer coisas como passar no vestibular, se formar na faculdade e entrar pra companhia de dança. Que ela lembre, por cinco anos sua vida se resumiu a Roberto. Quando vê fotografias de lugares que esteve nesse período – festas com colegas, aniversários, viagens com a família –, mal reconhece os locais. Só rememora uma vontade de voltar, de estar sempre ao lado do "namorado". Eles se encontravam em um JK que o puto mantinha, uma porra de uma garçonnière para comer as menininhas. A coitada da Andrea achava que era a única.

"Acabou quando você descobriu que não era?"

Ela sacudiu a cabeça:

"Foi pior. Eu já tinha vinte anos e a paixão não arrefecia. Amava Roberto com a mesma intensidade do começo – talvez até mais. No entanto, mesmo cega de amor por ele, continuava muito observadora. Eu sempre fui assim, de observar as pessoas. E percebi, mesmo apaixonada, que Roberto não me olhava mais do mesmo jeito. Estava perdendo o interesse. Fazia amor comigo no piloto automático, não se esforçava para me ver. Eu me encarregava de tudo, fazia os maiores malabarismos para conciliar as nossas agendas e ele agia como se tanto fizesse."

"Não consigo imaginar uma coisa dessas. Uma mulher linda como você..."

Andrea fez um gesto na minha direção, delicado. Era um pedido para que eu não a interrompesse e nem dissesse coisas que ela já sabia. Ficou em silêncio por um tempo e, quando voltou a falar, estava com raiva:

"Roberto nunca se ofereceu para pagar as pílulas. Se eu esquecia de tomar ou de comprar, ele apenas perguntava, arfando em cima de mim, se podia gozar. E eu tinha segundos para calcular meu período fértil e responder. E eu usei isso a meu favor. Quer dizer, usei contra mim, mas na época eu achava que era uma grande ideia. Mulheres apaixonadas ficam realmente burras."

Quando Andrea ficou grávida, o que era ruim se tornou ainda pior. Semanas se arrastaram em uma luta de cabo de guerra. De um lado, Andrea querendo ter o filho. Do outro, Roberto implorando que ela tirasse. Por isso, a gravidez já estava avançadíssima quando ele finalmente a convenceu, prometendo que ficariam juntos, se casariam – na igreja, no cartório, onde ela quisesse – e que, depois, teriam filhos. Teriam muitos filhos. Só esse não poderiam ter.

Com mais de doze semanas, Andrea não podia perder tempo. Como todas as clínicas clandestinas da cidade exigiam que ela apresentasse exames para realizar o procedimento, o que atrasaria ainda mais o processo, Roberto conseguiu comprar uns comprimidos abortivos. Disse que era seguro, que tudo iria dar certo e que ele estaria ao lado dela o tempo inteiro. No entanto, Andrea quase morreu na garçonnière do idiota. Enquanto chorava com cólicas insuportáveis, tremendo e suando muito, Roberto se acovardava negando seus pedidos para ir ao hospital.

"Eu achei que ia morrer, Antônio. Estava vertendo muito sangue, desmaiei um par de vezes, a dor me dobrava em duas, mas não tinha jeito dele me tirar do JK. Ele só dizia que era assim mesmo, repetia isso sem parar: é assim mesmo, é assim mesmo, é assim mesmo. Até que, depois do terceiro desmaio, eu adormeci."

Ela fez uma pausa pesada. Estava fazendo um esforço tremendo para me contar essa história:

"É muito perigoso adormecer enquanto toma esses comprimidos. A mulher precisa estar ligada ao seu corpo, aos sinais, não pode dormir. E ele sabia disso."

Ela me encarou, seus olhos vermelhos, e repetiu:

"Ele sabia disso. Não me acordou mesmo assim."

Puxei Andrea para o meu colo. Agarrada no meu pescoço, ela chorou baixinho. Acariciei seus cabelos e murmurei em seu ouvido:

"Eu sinto muito."

Com Roberto, Andrea aprendeu que confiar em um homem poderia ser fatal. Literalmente. Acordou algumas horas depois com a calcinha, os lençóis e o colchão empapados em sangue e coágulos. Ele auxiliou Andrea a caminhar até o chuveiro sem dizer uma palavra. De qualquer maneira, não havia nada mais a ser dito.

"Arranquei aquele homem do meu coração naquele dia, mas a dor veio em parcelas, como a recuperação de um pós-operatório. O procedimento graças a Deus não deixou sequelas físicas – ainda posso ter filhos –, mas a separação... Fiquei em choque quando percebi que Roberto preferia me ver morta a me ver mãe do seu filho. E fiquei enjoada quando me dei conta de que ele perdia o interesse por mim conforme me tornava uma mulher adulta."

Sou um homem pacífico. Prefiro resolver os problemas no diálogo, mesmo os que acontecem no meu trabalho. Mesmo assim, gostaria muito de ter meia hora sozinho com ratos como Roberto em uma sala de dois por dois.

Quando se acalmou, Andrea olhou pra mim, ainda sentada no meu colo. Limpei seu rosto com as minhas mãos. Enquanto a gente se olhava, eu queria que ela sentisse, que ela entendesse, que ela ouvisse o que o meu corpo estava dizendo pra ela. Porque era o meu corpo inteiro, todas as células, todos os átomos. Era o meu corpo inteiro que gritava "te amo".

"Faz oito anos e eu ainda não me recuperei. Não confio em ninguém, não deixo ninguém entrar. Estou quebrada de um jeito que não tem como consertar."

Ainda com Andrea no colo, me levantei do sofá e, sem dizer nada, caminhei com ela até o quarto. Deitei seu corpo na cama, tirei seus sapatos e a cobri com uma manta. Estava fechando a porta quando ela pediu:

"Fica."

Tirei meus sapatos, minha camisa e troquei a calça jeans pela de pijama. Deitei com o torso nu ao lado dela, que se virou e me abraçou, sua coxa em cima da minha barriga, seu rosto descansando no meu peito.

No outro dia, preparei o café da manhã procurando fazer o mínimo de barulho possível. Café recém-passado, pão de forma tostado na frigideira com manteiga, ovos fritos, suco de laranja. Não havia bandeja, então improvisei com os pratos em uma mão e a térmica e duas canecas na outra. Quando abri a porta do quarto com o cotovelo e vi Andrea sentada, as costas acomodadas no travesseiro, linda como nunca, quase derrubei tudo no chão. Ela gargalhou e me ajudou. Acomodamos as coisas na cama, comemos fazendo bagunça com os farelos, nos beijamos sem nos importar com o mau hálito matinal. Ela gracejou:

"Se, quando eu não faço sexo com você, ganho café na cama, o que será que vai acontecer quando a gente finalmente transar?"

Arrisquei:

"Um café da manhã decente, em uma bandeja?"

Rimos.

"Falando sério, Antônio. Eu chego aqui, despejo essas coisas todas em você... A gente mal se conhece. Contei coisas tão pesadas em tão pouco tempo – e ainda dormimos na mesma cama sem transar. Me admira você não ter saído correndo pela porta!"

"Bem", ergui uma sobrancelha, "não era uma opção. Afinal, estou na minha própria casa."

Ela me deu uma cotovelada, rindo. Perguntei, bem-humorado:

"Conhece um disco do Djavan chamado *Djavan*?"

Ela riu mais:

"Como o Djavan veio parar nessa cama? E não, não conheço esse disco com nome tão original."

"Ele lançou no final dos anos 80."

Eu me levantei e comecei a recolher a louça. Estava saindo do quarto quando disse:

"Tem uma música desse disco que diz assim: *meu amor, dormir contigo é escutar Gal e Tom*."

Ela sorriu em silêncio. Antes de me virar em direção à cozinha, cantarolei:

"Meu amor, dormir contigo é escutar Gal e Tom. O que rolar é bom."

Embora eu seja famoso pela minha desafinação, Andrea fez amor comigo naquela mesma manhã.

5.

Eu tinha um Chevette fodido, que comprei parcelado, e a família da Andrea era cheia de dinheiro. Na primeira vez que fui encontrar seus pais, de repente tive consciência de que meus sapatos eram velhos. Eu nunca tinha reparado nos meus sapatos, mas naquele dia, quando dei com eles no tapete fofo da sala dos meus sogros, me pareceram grotescos.

A família de Andrea não me tratava mal, mas havia uma certa frieza. Eram assim, meio protocolares. Não sei como explicar, era como se habitássemos países completamente diferentes. Tinha uma barreira que eu não conseguia ultrapassar, e eles também não tinham interesse em atravessar as minhas fronteiras. Uma convivência educada, mas nunca íntima. Eu francamente não via a hora de me mandar daqueles compromissos sociais e formais da família de Andrea. Ela também achava tudo uma bobagem, mas amava estar com os seus – tinha uma adoração pelo pai, o que me fez ter vontade de ser pai também.

A grana da família garantiu que Andrea se dedicasse à dança e abrisse uma escolinha para pequenas bailarinas. Ela ainda dançava com a companhia, mas cada vez menos. Sua dedicação agora era dividida entre as alunas e o nosso casamento – o plano de ter um filho começou a se desenhar depois. Como nos casamos rapidamente, queríamos ter um tempo só pra nós dois. E, além disso, eu precisava me firmar financeiramente. Aliás, a única vez que meu sogro me falou algo mais íntimo foi pra me dar um esporro. Um microesporro, vá lá. E sejamos justos: era noite de Natal e ele estava um pouco alto.

"Não estou nada impressionado com esse apelido, Serpico. Pra mim, um policial ser honesto é o mínimo. Eu só quero saber se você tem como sustentar a minha filha. De mim, ela só teve o melhor."

Foi assim que retomei a disciplina para passar no concurso para delegado. Não foi uma época fácil: eu trabalhava e estudava muito, não conseguia passar tanto tempo com a Andrea como gostaria, mas valeu a pena. Quando eu chegava em casa exausto, a simples visão da minha mulher me deixava mais leve. Andrea era toda delicadeza e gestos de carinho. Sempre tinha alguma coisa, mesmo que pequena, pra fazer com que eu me sentisse querido: um bilhetinho que eu achava no bolso do casaco, a programação de teatro no jornal com marcas nas peças que ela achava que eu ia gostar ou até cervejas estupidamente geladas – ela só bebia vinho, mas comprava pra mim. Eu me sentia tão amado que até dava um pouco de vergonha. O jeito de amar da minha mulher parecia muito superior ao meu, eu me sentia meio que atrapalhado, talvez por causa da minha timidez. Tinha medo de não estar fazendo as coisas direito, de estar enfiando os pés pelas mãos por não ser um romântico. Ela sorria quando eu dizia isso. Sempre sorriu muito. Até enquanto transávamos, Andrea sorria. A maior parte das mulheres com quem eu transei não sorria. Ela sorria, eu sorria pra ela também, a gente se beijava e ela falava, repetia várias vezes no meu ouvido:

"Ai, que delícia, Antônio. Assim, Antônio. Te quero."

O sexo sempre foi quente, nunca caiu na mesmice – e Andrea era cheia de surpresas, de brinquedos, de fantasias. Era uma mulher muito livre, muito inteira, muito desprendida de preconceitos.

Éramos escandalosamente felizes. No início, os amigos diziam que era típico dos recém-casados, mas os anos foram passando e o encantamento, não. Para se ter uma noção, a maior briga que tivemos foi por causa de uma casa que meu sogro deu pra gente. Eu não queria ir morar naquela casa, achava um exagero. Enorme, metida a besta. Andrea insistia que eu estava sendo cabeça-dura, que queríamos ter filhos, que não podíamos morar pra sempre em um apartamento de um quarto. E que, além disso, ninguém negava um presente desses, ninguém dizia "não" para uma casa, ainda mais aquela: bonita, espaçosa e bem localizada. Me machucava aquilo, eu achava que estava sendo diminuído, como se o meu sogro estivesse dizendo:

"Você não consegue cuidar dela, então toma aqui essa casa. Eu pago."

Eu ficava puto.

No final, acabei cedendo. Pra tornar a casa mais nossa e ajudar a aplacar meu ego, primeiro inventei uma série de reformas que paguei sozinho. Quando elas acabaram, resolvi que também teríamos piscina no quintal. Andrea debochou:

"Você não queria viver em casa de rico e agora inventou essa de piscina! Aburguesou, Antônio?"

E eu sorria, pensando sem dizer que ao menos aquela piscina eu que teria pagado.

Pensar que, um dia, minha maior questão no casamento foi viver ou não em uma casa boa. Isso foi antes de Maria Luiza, é claro. Foi antes das nossas vidas se encherem de sol para, logo em seguida, serem mergulhadas em horror.

6.

Andrea nunca tinha sido violenta antes. Não fazia parte da sua personalidade.

"Como assim, avançou?"

A psicóloga olhava pra mim e então olhava pra Andrea. Estávamos acomodados em cadeiras de plástico no salão do clube recreativo que ficava a algumas quadras de casa. Quando cheguei, ambas estavam sentadas frente a frente. Minha mulher olhava pra baixo, parecendo alheia. Na mesa ao lado da porta, como sempre, térmicas de café e chá, biscoitos que ninguém comia e uma bombona de água. Copos de plástico, pequenas colheres, também de plástico, um açucareiro e algumas embalagens de adoçante. Normalmente, o grupo se reunia ao redor daquela mesa no final da sessão, trocando vagos comentários e algumas dicas. Naquele dia, porém, não havia mais ninguém.

A morte de Maria Luiza havia completado um ano e o comportamento de Andrea continuava o mesmo. Ela não reagia. Eu já não sabia mais o que fazer quando vi, no mural de avisos da delegacia, um anúncio:

Grupo de apoio para pais enlutados.

Precisei insistir algumas semanas, mas já fazia alguns meses que frequentávamos os encontros e eu notara alguns pequenos progressos na minha mulher. É estranho pensar que o simples fato de colocar algumas pessoas que compartilham um mesmo tipo de dor para falarem sobre suas experiências possa ajudar. Mas foi exatamente isso que aconteceu. Até aquele dia.

Eu estava com um caso muito complicado, mas não queria faltar ao encontro. Andrea, para a minha surpresa, disse que ela iria sozinha sem problema algum. No entanto, as coisas andaram mais rapidamente do que eu previra e corri para o clube recreativo assim que consegui. Para o meu espanto, em vez de encontrar o grande grupo em círculo, avistei apenas aquelas duas, mudas, frente a frente.

"O que aconteceu?"

Andrea não me respondeu. Roberta, a psicóloga, olhou pra mim. Sua expressão era bondosa. Eu gostava dela.

"Roberta, o que houve?"

Fazendo um gesto que indicava que eu deveria me sentar, a especialista perguntou, muito calma:

"Andrea, prefere que eu conte o que aconteceu?"

Minha mulher virou o rosto para o lado contrário, mas assentiu. Sentei ao seu lado e peguei na sua mão, que ela segurou frouxamente.

"Antônio, uma mãe fez um comentário hoje, no início da sessão. Andrea se sentiu incomodada e teve uma reação. O grupo achou melhor deixar nós duas sozinhas para conversar."

Franzi a testa. Roberta ficou em silêncio. Virei para Andrea:

"Meu bem, o que aconteceu? Que reação?"

Minha mulher finalmente me olhou. Parecia sentir vergonha e raiva. Ela abriu a boca, mas não falou nada.

Olhou para Roberta e, novamente, assentiu. A psicóloga sorriu, amável:

"Como a Andrea se sentiu magoada e desrespeitada pela fala da outra mãe, acabou", ela titubeou, "bem, acabou que ela avançou nela."

Fiquei perplexo:

"Como assim, avançou?"

Pela primeira vez, Andrea falou. Estava com tanta raiva que tremia:

"Ela disse que é melhor ter o filho morto do que desaparecido, porque pelo menos a pessoa sabe o que aconteceu."

Roberta já havia explicado antes, com paciência e calma, o que agora explanava. O grupo acolhia pessoas enlutadas. Como tanto o filho desaparecido quanto o morto representavam o final de um ciclo, os pais precisavam passar por esse luto. Mesmo que o filho desaparecido retornasse – e eu sabia de quem estávamos falando, sabia quem era a mulher em que Andrea havia avançado, o menino não ia voltar, já fazia mais de dez anos que desaparecera –, a família teria que se adaptar a uma nova rotina, enterrando velhos hábitos. Por isso, a gente precisava buscar uma forma de se ajudar, com respeito e empatia. Ela entendia a dor de Andrea e sua frustração com a fala da outra mãe, mas era necessário acharmos um equilíbrio etc. Embora Andrea olhasse para a psicóloga enquanto ela falava, eu sabia que não estava escutando nada. Já havia tomado a decisão de abandonar o grupo para pais enlutados.

Nenhum pai que perdeu o filho vai dizer que a vida fica mais fácil com o tempo. Não fica. O que acontece é que a gente meio que se acostuma com a dor, como se ela sempre estivesse ali, desde o início. Você não lembra de não a sentir, entende? Você não tem lembrança de não conviver com ela. A dor, agora, é uma parte imensa de você. Você não vai conseguir se desviar dela, não vai conseguir contorná-la. Até porque fugir seria como fugir de si mesmo. Ela sempre estará ali. As lembranças, também.

E a armadilha é justamente essa: se tento não pensar na tragédia, também não posso pensar na alegria arrebatadora do seu nascimento e do nosso convívio. Se não penso em seu corpinho inerte, também não penso em sua risada solta e em seus cabelos castanhos amendoados, como os da mãe. Se não penso no grito terrível de Andrea na beira da piscina, com a menina, a minha menina, nos braços, também não posso relembrar sua voz.

Seu início, seu meio, seu fim, eles se entrelaçam. Relembrar é reviver o sofrimento e a alegria, a perda e o ganho, o afogamento e o nascimento. Relembrar sempre envolve sofrer. A lembrança de sua existência também é a marca de que ela já não está mais aqui.

Tentar reviver, em vão, Maria Luiza, com respiração boca a boca. Andrea saindo de casa pedindo ajuda. O vizinho que telefonou para a ambulância. A ambulância que chegou rápido, embora fosse tarde demais. Pensar por dias, semanas, meses, que aquilo era um pesadelo. Eu e Andrea agarrados num abraço imenso e dolorido na primeira noite, os olhos muito abertos, incapazes de dormir. Insônia, remédios, delírios. A gente escutava Maria Luiza rindo, Maria Luiza brincando, Maria Luiza chamando. Por alguns dias, Andrea falou coisas como "está na hora de levar ela na escola" ou se precipitou para arrumar sua mochilinha. Aperto no peito. Vazio no peito. Acusações. "Foi você que quis morar nessa casa." "Foi você que quis colocar uma piscina." A pergunta dolorosa, que até hoje permanece, inútil e cruel: como não ouvimos Maria Luiza cair?

* * *

Quando Maria Luiza nasceu, no início teve dificuldade para pegar no peito. Andrea estava exausta, eu mesmo cheguei a dizer para ela desistir porque era desesperador vê-las daquele jeito. A pequena não ganhava peso, Andrea não dormia e eu me sentia um inútil. Se dissesse qualquer coisa sobre usar a fórmula, ouvia um discurso da minha sogra sobre o leite materno ser o alimento mais completo para o recém-nascido e não sei mais o quê. Isso porque minha sogra praticamente se mudou pra nossa casa nos primeiros dias depois do nascimento e, quando amamentar se tornava uma questão – ou seja, o tempo inteiro –, me olhava com fúria. Era como se a culpa fosse minha.

Uma noite, quando Malu tinha nove semanas, cheguei do trabalho. Eu estava meio que habituado a encontrar a casa preenchida pelo choro do nenê. Naquele dia, porém, encontrei o lugar no mais perfeito silêncio. Aquilo até me assustou. Depois de deixar a minha pasta no hall de entrada, tirar os sapatos e lavar as mãos no lavabo, levei um tremendo susto ao encontrar Andrea na sala, sentada confortavelmente com Maria Luiza agarrada no seu seio. Sorrimos um pro outro, sem falar nada. Me sentei com elas tomando cuidado para não as tirar da posição confortável em que estavam. Olhar pra minha filha, seu cabelinho ainda ralo, seus grandes olhos curiosos, sugando o leite com facilidade como se fosse um bichinho, me trouxe uma felicidade que eu nem sabia que existia.

Andrea era tão tenaz. Ela havia contratado uma consultora em amamentação – eu nem sabia que isso existia – e, em poucos dias, conseguira resolver o maior desafio que enfrentava na maternidade até agora.

Quando terminou, Andrea fez Maria Luiza arrotar e passou-a para mim. Eu ficava sempre ávido por pegar minha filha no colo, enfiar o nariz na sua nuquinha – "cuidado com a moleira!", era a frase número um da minha sogra – e ficar apenas olhando pra ela, segurando suas mãozinhas, beijando seus pezinhos. Eu brincava que deveríamos cancelar a tevê a cabo porque ela havia se tornado obsoleta. Nós só sabíamos admirar nossa filha.

Minha mulher colocou um disco do Ibrahim Ferrer baixinho na vitrola. Antes de engravidar, ela estava alimentando a ideia de irmos para Cuba tirar férias. Também queria expandir seu negócio de balé para outros ritmos e pensava em pesquisar a música cubana. Eu achei tudo genial e fizemos planos paralelamente – a viagem e a expansão da escolinha – até que ela ficou grávida e adiamos a ideia. Claro que Andrea continuou imaginando coreografias para cada uma das músicas que ouvia quando a exaustão de ser mãe lhe permitia.

Embora eu estivesse com a pequena no colo, minha mulher estendeu a mão para que me levantasse. Estava me tirando pra dançar. Quem diria: eu, o cara tímido que ficava sempre sentado nas reuniões dançantes, agora era convidado para bailar com a mulher mais bonita do mundo. Juntinhos, com Maria Luiza aconchegada entre nós, dançamos devagarinho – Andrea com habilidade e eu com dois pés esquerdos. Ela sussurrou no meu ouvido, carinhosa:

"Como eu fui casar com o pior dançarino do país?"

E riu. Eu também ri e, então, um milagre aconteceu: Maria Luiza sorriu. Foi a primeira vez que ela sorriu.

Nós, a sala, a música de Ibrahim, o sorriso da minha filha: era perfeito demais. Acho que foi justamente por isso que durou tão pouco.

Para sempre, os primeiros acordes de "Nuestra ultima cita" – que Andrea ouvia exaustivamente – me trariam a sensação de arrebatamento, alegria e dor, o gosto agridoce de não querer lembrar e de não poder esquecer.

7.

No dia 14 de maio deste ano, completou sete anos que Malu morreu. Eu voltei a trabalhar algumas semanas depois de sua partida. Ingenuamente, achei que aquilo iria me distrair. Não existe distração da morte de um filho. Andrea nunca conseguiu retornar para a escolinha. Seus pais cuidaram de tudo para que o fechamento ocorresse sem que minha mulher precisasse se envolver demais. Até porque, no primeiro ano, Andrea nem conseguiria fazer coisas como assinar papéis ou ir até o cartório. Eu lhe dava banho e, quando conseguia fazê-la comer, comida. Ela mal dormia e alternava momentos de raiva com tristeza. Seu humor era imprevisível.

O luto não é algo linear, como dizem os especialistas: negação, raiva, barganha, depressão e aceitação. Nós dois revezamos esses momentos constantemente. Às vezes, aceitávamos a tragédia para, em seguida, negociarmos com Deus. Na verdade, eu fiquei de mal com Deus. Nunca tinha sido dado a fé e, depois do que aconteceu, não queria mais saber. Que Deus é esse? Mas Andrea barganhava. Um dia ela me confessou que fazia promessas: se Malu voltar, eu faço isso e aquilo. Conversava com deuses, santos, orixás, cartas, anjos, búzios. Era doloroso ouvir aquilo. Completamente irracional, mas o que havia de mais irracional em ter tido uma filha linda, perfeita, saudável e amorosa para perdê-la três anos depois?

Quando entramos no segundo ano de luto, logo depois de deixar o grupo de apoio, Andrea começou a beber. Primeiro às escondidas, depois abertamente. Levava uma vida em que comia pouquíssimo, seu alimento era o vinho. Foi uma fase de autodestruição completamente consciente. Ela dizia que não tinha nada a perder.

Foi um processo muito moroso, muito cuidadoso, trazer alguma esperança novamente pra vida da minha mulher. Ainda é.

No entanto, conseguimos quase voltar à normalidade em alguns momentos. Se quando fizemos amor pela primeira vez depois da tragédia nos amamos como bichos, ferozmente, querendo sentir qualquer outra coisa que não a dor, depois de um tempo conseguimos voltar a nos tocar com carinho e tesão. A culpa envolvida em ações antes tão prazerosas nunca deixa de nos acompanhar: como sorrir, como namorar, como cantar, como dançar depois do que aconteceu?

Aliás, na primeira gargalhada que deu depois que Malu partiu, Andrea colocou a mão sob a boca, os olhos arregalados.

Além da fase mais pesada com a bebida, ela também passou por longos períodos dormindo. Sonhava muito com Malu e ficava obcecada em saber o sentido desses sonhos.

No começo aquilo me preocupou, mas, quando percebi que seu interesse pela interpretação deles ia além dos que tinha com nossa filha, fiquei contente. Quando nossos amigos tinham sonhos esquisitos, perguntavam para Andrea, e ela se dedicava a consultar seus muitos livros sobre o assunto, ajudando a pessoa a decifrar a mensagem do subconsciente – ou algo parecido. É claro que era eu que incentivava os amigos a fazerem isso e provavelmente uns inventavam sonhos cabeludos só pra poder telefonar para ela e ouvi-la se empolgar com alguma coisa. Eu também contava os meus sonhos – não os com Malu, embora sonhasse frequentemente com ela na maldita piscina daquela casa que vendemos para voltar ao meu apartamento – pela manhã, quando lembrava deles. Mesmo sonolenta, Andrea levantava para buscar seus livros na sala e procurava, em silêncio, algo que pudesse ajudar a revelar seu sentido. Depois de tudo o que aconteceu, ela nunca perdeu seu espírito gentil e generoso.

Desde o começo, deixei claro para todas as pessoas que trabalham comigo – em posições superiores ou inferiores – que minha mulher poderia me telefonar a qualquer momento e que essas ligações sempre seriam atendidas. Para que não houvesse confusão – me chamassem durante um interrogatório sem dizer que era ela e eu ignorasse, por exemplo –, combinamos o código da batida tripla na porta.

Andrea às vezes telefona três vezes ao dia. Só quando atendo é que descubro com que humor está. A bebida já não faz tanto parte do seu cotidiano, mas em datas específicas como agora, com a aproximação do Natal – uma época difícil para os enlutados – achei natural ela buscar esse refúgio. Ontem de noite, enquanto assistíamos a *A condenação* na televisão (nós dois gostamos de filmes de tribunal), ela bebeu uma garrafa de vinho sozinha. Eu não critiquei nada – você precisa saber escolher suas batalhas. Em vez disso, fiquei feliz porque ela se aconchegou no meu corpo no sofá e fez comentários sobre a história da irmã que vira advogada para tirar o irmão da prisão. De vez em quando, Andrea perguntava:

"Isso que a advogada falou faz sentido, amor?"

Ou:

"Essa lei no Brasil também é assim?"

Quando fomos deitar no quarto, notei que a sua fala estava enrolada e seu caminhar, titubeante. E foi ainda nesse estado que ela me telefonou hoje, mais cedo.

Quando a batida tripla da porta me trouxe de volta pra realidade na delegacia, eu não tinha como saber qual Andrea estaria do outro lado da linha.

8.

Depois de ouvir a batida na porta, pedi licença para Rosa e, na minha sala, peguei o telefone. Antes mesmo que ela falasse alguma coisa, eu disse:

"Quando eu te conheci, você era passarinho."

Para minha surpresa, ouvi uma risada curta do outro lado da linha.

Andrea tem dias bons e ruins. E tem dias, como hoje, em que pode estar tremendamente mal e, então, subitamente bem. Torço para que ela esteja no quarto de banho tomado, os cabelos penteados pra trás, envolvida no seu roupão felpudo azul-bebê, sentada na cama ao invés de deitada. Torço, enfim, para que esteja reagindo.

"Estou com fome."

"Isso é bom. Quer que eu te leve pra jantar quando chegar?"

"Você vai chegar de madrugada..."

"E o que tem isso? Eu conheço um restaurante muito chique, americano, tradicional, que fica aberto até de madrugada. Chama McDonalds."

Ela abafou uma risada – mais uma! Nesses momentos, sinto esperança de que possamos voltar a ser felizes.

"Meu bem, eu ainda fico na delegacia mais algumas horas. Quem sabe você faz um lanche agora e me espera para o nosso jantar elegante mais tarde?"

Sei que ela está acenando positivamente com a cabeça. É um golpe de sorte: além de estar bem-humorada, também sentiu fome. Ela raramente sente fome.

Não entendo o mecanismo que faz minha mulher às vezes melhorar. Não parece existir uma lógica ou um gatilho. Olhar fotos de Maria Luiza pode fazê-la sorrir ou chorar, por exemplo. Então, quando ela manifesta qualquer tipo de melhora, me agarro a esses instantes para aproveitá-los ao máximo.

"Andrea, você pode me ajudar? O que quer dizer sonhar com porta?"

Ela gargalha, o que me deixa ainda mais feliz.

"Acho muito engraçado quando você se interessa por esse assunto!"

Meu coração se expande. Explico, carinhoso:

"Uma moça que foi detida me contou um sonho estranho que tem com porta. Ela é claustrofóbica e acha que o sentido dele é literal, mas você, a especialista, me ensinou que não é bem assim que as coisas funcionam."

“Vou olhar nos meus livros, digitalizar e mandar pro seu e-mail.”

“Obrigado, meu bem.”

Depois de desligar, remexo no arquivo do caso de Violeta novamente, procurando algo que possa ter passado batido. Nada. Estou saindo da minha sala para averiguar o carro de Rosa quando uma nova mensagem aparece na minha caixa de entrada.

Enquanto espero a impressora fazer o seu trabalho, penso que Andrea levantou da cama e procurou os livros. Vejo minha mulher pesquisar pela letra *p* nos sumários, correr com as páginas, posicionar o livro escolhido aberto na máquina, digitalizando o que eu pedi. Enxergo Andrea fazer a volta na mesa do nosso escritório, salvando o documento no computador e, em seguida, abrindo seu e-mail para mandar essa mensagem, anexando a imagem no corpo do texto.

Vejo Andrea ligando e desligando aparelhos. Vejo Andrea correndo o dedo pelo índice do livro. Vejo Andrea clicar em salvar, anexar e enviar. Vejo Andrea de pé. De pé.

Isso me dá energia para enfrentar mais dez plantões como esse.

9.

Por que diabos essa menina estava dirigindo de madrugada bebendo cerveja sem álcool?

A caminho do carro, fui buscar um café na esquina e encontrei Moreira fardado:

“Não era pra você estar em casa, ô Moreira?”

"Minha mulher disse que se eu continuasse em casa, ela atropelaria meu outro pé."

Gargalhei, mas Moreira não achou engraçado.

"A moça que te atropelou ainda está na delegacia. Uma história esquisita..."

"O Peixoto me disse. Que mulher burra. Fez de tudo pra ser presa!"

"O esquisito é que ela não é nada burra. Essa história não encaixa."

Levantei do banco e entreguei um dos cafés para Moreira:

"Pede pra entregar pra menina. E, se quiser ficar na delegacia, tudo bem, mas não trabalhe. Com esse pé, não pode."

"Aonde o senhor vai?"

"Vou dar uma olhada no carro dela."

Meus homens estão precisando consultar um oftalmologista, como ela sugeriu. Além das latinhas de cerveja zero álcool, outro detalhe era gritante. Tinha barro nas rodas do carro. Muito barro.

Entrei na sala, fechei a porta atrás de mim, me encostei na parede e disse:

"A senhorita mora num bairro nobre da cidade."

Rosa confirmou. Cruzei um braço na cintura e apoiei o cotovelo do outro na minha mão. Puxei a barba levemente:

"Um bairro chique, obviamente todo asfaltado – mas tem barro nas rodas do seu carro."

Ela sorri:

"Talvez eu seja praticante de rali."

Eu sorrio também:

"Com um Ka?"

"Eu gosto de viver perigosamente, delegado."

Esfreguei o rosto, cansado:

"Ainda não consegui decidir se gosto ou não gosto de você."

Ela deu de ombros:

"O caso é que o senhor não precisa decidir, não estamos aqui pra nos tornarmos amigos."

Elevei a voz. Não aguentava mais aquele jogo:

"E estamos aqui por quê, Rosa?"

Ela se assustou. Merda, todo o meu progresso iria por água abaixo. Fiquei em silêncio, esperando que ela se manifestasse. Quando Rosa falou, estava distante, serena:

"Os dias depois... são os piores."

Continuei em silêncio, esperando.

"Todo mundo acha que o pior dia é quando a pessoa morre, mas não é. Esse dia é um borrão. Os dias depois são os piores. E eles não passam."

Concordei:

"Eles duram pro resto da vida."

Ela então fez uma coisa surpreendente: estendeu as mãos na minha direção, por cima da mesa. Ainda de pé, me aproximei. Rosa me perguntou, muito doce:

"Quem você perdeu?"

Eu não planejava responder, não planejava falar em Maria Luiza, mas me vi dizendo mais rápido do que pude controlar:

"Minha filha."

Ela então segurou minhas mãos entre as suas. Fiquei olhando pras nossas mãos, sem conseguir encará-la. Rosa estava calma:

"O senhor faria tudo para ter ela de volta, não faria?"

Concordei.

"Eu faria tudo pra ter meu pai de volta, pra ter minha irmã de volta."

Depois de uma pausa pesada, ela falou:

"Papai morreu do coração, não existe um culpado. Mas a minha irmã... Eu faria tudo pra ter ela de volta e, mesmo sabendo que isso não é possível, cheguei perto de algo... parecido."

Finalmente olhei pra ela, espantado:

"Como assim?"

Subitamente, ela ficou muito séria:

"Minha irmã não vai voltar. Não existe como terminar essa história bem. O que estou tentando dizer, delegado, é que não existe um desfecho – mas existe justiça."

Eu não estava entendendo aonde ela queria chegar: o caso já estava encerrado, nunca pegaram o culpado e nem pegariam. Minha expressão confusa fez com que ela adivinhasse o que eu estava pensando. Rosa balançou a cabeça negativamente, lentamente, e então disse:

"Eu sei quem matou a minha irmã."

Toda a atmosfera da sala se modificou. Fiquei mudo. Ela cortou o silêncio e repetiu:

"Eu sei quem matou a minha irmã."

Concordei e falei, baixinho:

"Está bem, está bem. Quer me contar o que..."

Mas ela não deixou que eu falasse mais nada, pois em seguida, colocando peso em todas as palavras, embora tivesse falado a frase de forma rápida, disse:

"Eu fiz uma coisa terrível."

Em questão de segundos, comecei a ligar os pontos:

O barro nas rodas do carro, a forma que encontrou para ser pega pela polícia sem precisar se entregar, o jeito que fez a conversa correr exatamente pro lado que ela desejava, garantido que seria ouvida.

Suas olheiras.

Para onde ela havia dirigido?

Eu fiz uma coisa terrível.

Meu Deus, ela teria matado alguém?

Como Rosa me encarava em silêncio, esperando a minha reação, finalmente falei:

"Então eu vou ter que te prender, menina."

Rosa acenou com a cabeça, serena. Em seguida começou a chorar baixinho. Eu me aproximei dela, colocando a mão no seu ombro. Ela apoiou o rosto em minha cintura e chorou abertamente.

Com um arrepio, percebi que, embora ainda não soubesse ao certo o que ela tinha feito, aquelas não eram lágrimas de arrependimento. Ela parecia aliviada, como se um peso muito grande finalmente tivesse saído de suas costas.

PARTE QUATRO

1999

Hoje alugamos Os Flintstones *na videolocadora. De noite, assistimos todos juntos na sala: papai, mamãe, Rosa e eu. Eu e papai comemos pipoca doce. Mamãe e Rosa, minicenourinhas. Eu provei e gostei: achei doce também.*

Não entendi muito bem o filme, mas gostei do dinossauro de estimação!

Teve uma hora que o papai me disse:

"Essa é a Elizabeth Taylor, Viô!"

Só que a mamãe se apressou em também dizer:

"Mas quando falam que parece com você, estão falando de quando ela era magra. Ninguém está te comparando com uma mulher gorda."

Não entendi nada.

Tchau. Tô com sono e amanhã tem aula.

2001

Mamãe e Rosa passam o tempo inteiro falando coisas que não entendo: carboidrato, frequência cardíaca, exercícios para GAP, dieta da lua, IMC, massa magra, abdutor... Vestindo tênis e roupas de cores brilhantes elas conversam, bebendo muita água em garrafões de plástico de 1 litro. Às vezes uma acabou de voltar da academia e a outra está indo, ou a mamãe voltou da corrida e pergunta pra minha irmã se ela já foi malhar. Eu gostava de me sentar na mesa da cozinha pra observar elas tendo essas conversas de adulto, mesmo sem entender quase nada, mas agora acho chato. É que Rosa fica sempre triste. A mamãe tenta incentivar ela, mas não funciona. É tipo o que a professora de balé faz: ser gritona e mandona não ajuda ninguém a melhorar o plié, não é mesmo? E não é que a mamãe grite, mas eu não sei... É uma forma de falar esquisita.

Esses tempos o papai até brigou com a mamãe por causa disso – e eles nunca, nunquinha, tinham brigado antes! Eu não ouvi tudo porque depois eles fecharam a porta do quarto, mas o papai disse assim:

"Não é possível que você não perceba o que está fazendo!"

E ela respondeu, meio que gritando:

"Estou incentivando ela a se cuidar! Você é homem, não entende!"

Uma vez a Rosa até chorou. Foi esquisito. Ela tava simplesmente chorando sentada na mesa na frente de um copo de suco de laranja. Antes, a mamãe perguntou se ela sabia quantas calorias tinha aquilo. Eu perguntei o que são calorias, só isso, só fiz uma pergunta, e a chata da minha irmã me mandou calar a boca. Mamãe brigou com ela e saiu da cozinha, me levando pela mão.

Mais tarde, eu já tava dormindo, mas ouvi um barulho de monstro. Peguei o Valente, meu cachorrinho de pelúcia, para ir até o quarto da mamãe e me proteger. O monstro não estava embaixo da cama, eu fiz o Valente se certificar antes. É assim que se certifica se tem monstro ali: tem que colocar o Valente pra espiar. Se ele não avisar que tem monstro, não tem. Então eu me abracei nele e atravessei o corredor. Daí – que susto! – ouvi o barulho de novo. O barulho do monstro. Vinha do banheiro. A porta estava entreaberta. Meu coração fez tum-dum, tum-dum, bem alto e eu apertei bem forte o Valente pra ter coragem de olhar.

Era Rosa. De camisola, ajoelhada na frente da privada, ela cuspia alguma coisa. Enfiava dois dedos da mão direita na boca de vez em quando e cuspia mais. O barulho de monstro vinha da garganta da minha irmã.

Voltei pra minha cama rapidinho, desisti de ir pro quarto da mamãe – mas não consegui mais dormir.

2002

Aqui no hotel que estamos tem uma turma da brincadeira. Depois do café da manhã, os tios e tias inventam um monte de coisa pra gente fazer: tem caça ao caranguejo, competição de quem acha mais conchas, aula de surf, hora do conto – quando chove – e até a noite do pijama! Essa foi a minha brincadeira preferida durante essas férias, parecia aqueles filmes que gosto de assistir na Sessão da tarde, *quando todas as crianças vão prum acampamento e ficam em dormitórios. Os tios colocaram colchões na sala de recreação, assistimos a* A nova onda do imperador *comendo pipoca e eu nem percebi quando adormeci! No outro dia, o papai veio me buscar pra irmos, juntos, tomar café da manhã com a mamãe e a Rosa. Foi perfeito!*

Eu preferia que o papai continuasse com a gente, mas ele teve que voltar pra cidade para trabalhar. Daí aconteceu uma coisa boa e uma ruim. A boa foi que a mamãe me convidou pra ficar no quarto com ela. Eu estava dividindo o meu com a Rosa e, nossa, ela está sempre de mau humor! Vi num programa de televisão que adolescente é assim mesmo, sempre emburrado, mas tenho certeza de que não vou ficar chata desse jeito quando chegar a minha vez. É bem melhor ficar com a mamãe!

A coisa ruim é que, com o papai longe, a mamãe voltou a controlar o que a Rosa come. É muito chato isso. Todas as refeições viram uma tremenda confusão. Ontem, por exemplo, a gente chegou no restaurante do hotel e a Rosa já estava lá. Ela estava prestes a comer um pedacinho de pão quando a mamãe falou assim, bem alto, da porta:

"Pão na hora do jantar?"

Que vergonha! Todas as pessoas se viraram pra Rosa. Ela se levantou e passou reto pela gente. Mamãe agiu como se estivesse tudo bem. Sentou na mesa e, quando a garçonete veio nos atender, sorriu muito:

"Desculpa ter falado alto, mas carboidrato no jantar..."

A garçonete piscou e comentou, enquanto entregava os cardápios pra gente:

"Um dia ela vai te agradecer."

Que coisa esquisita esse jeito que as mulheres mais velhas têm de lidar com a comida. É como se ela fosse uma inimiga!

Depois de uns minutos, fui procurar a Rosa. A mamãe pediu que eu fizesse isso, mas eu fui também porque estava com pena dela. Minha irmã está muito chata, mas poxa... Era só um pedacinho de pão!

Encontrei Rosa no salão de convenções. Ela estava presa em um armário onde a funcionária do hotel guarda vassouras e esfregões. Eu sabia que era ela porque ouvi seu choro, mesmo baixinho. A maçaneta se movia, mas a porta não abria. Então eu tentei abrir por fora e funcionou.

Rosa bateu de leve em mim quando passou, feito um foguete, pra sair do salão. Ela não pediu desculpas nem agradeceu, mas eu não fiquei com raiva.

Fiquei com dó. Enquanto eu caço caranguejos, faço castelos de areia e brinco com as outras crianças, ela não consegue fazer uma refeição sem ficar tensa.

2004

Fiz doze anos ontem. A mamãe preparou uma comemoração no salão do condomínio, com DJ e até globo espelhado! Convidei um monte de gente do colégio e também os vizinhos do condomínio. A festinha começou no final da tarde e foi até de madrugada – igualzinho às festas de adulto!

Os mais velhos – papai, mamãe, tio Paulo, vó Rosa e os pais de alguns amigos – ficaram no outro salão, o gourmet. Ele é um pouco afastado, mas de vez em quando um deles vinha conferir se estávamos nos comportando. Um saco!

Outra coisa chata: o menino que eu gosto não veio. Ele ficou gripado dois dias antes e teve medo de passar pra gente. Ele é novo na escola, entrou esse ano, mas logo se enturmou. Nunca aconteceu nada entre a gente, mas às vezes vejo ele me olhando. Conversamos em pouquíssimas ocasiões. Ele é tipo rebelde sem causa, rodou duas vezes e por isso teve que mudar de colégio! Sorte a minha, veio estudar perto de mim. Quer dizer, sorte coisa nenhuma, porque a gente nem tem nada. Pra completar, você acredita que o panaca do Lucas veio me convidar pra assistir a O diário de uma paixão *no cinema, na frente dele? Fiquei morrendo de vergonha, porque talvez agora ele ache que eu sou namorada do Lucas. E eu não sou namorada de ninguém. Aliás, eu ainda nem beijei na boca.*

Várias amigas minhas já beijaram e, na revista Capricho, *publicaram uma matéria dizendo que, na maioria das vezes, o primeiro beijo acontece quando a menina tem doze anos. Então, teoricamente, tipo, eu beijaria em breve! Só que ninguém explica direito como beijar. Já vi dicas pra treinar: beijar o espelho, beijar a mão... Mas me sinto ridícula fazendo essas coisas. E minhas colegas que já beijaram dão risinhos misteriosos se nós, que ainda não beijamos, perguntamos como é. Custa explicar?*

A Cláudia, principalmente, é a que mais não ajuda. Ela é uma idiota completa, acha que fala italiano porque passou duas semanas na Itália durante as férias e também é grossa com todo mundo só porque os peitos dela apareceram no ano passado enquanto nós continuamos lisas como tábuas. Ela se acha! Mesmo com toda essa chatice, ela já beijou TRÊS meninos! Esses tempos, no recreio, tinha uma roda de meninas em torno dela, fazendo perguntas. Fiquei pertinho pra pegar dicas. Uma das coisas que ela disse é que o segredo é não usar muito a língua:

"Não é pra engolir o garoto, capisce?"

Mas o beijo não é de língua? É ou não pra usar a língua? Quanto de língua é pra usar?

Ando tão preocupada com isso que, esses dias, falei com a Rosa. Foi meio sem querer. Eu estava assistindo a Romeu + Julieta *na televisão quando a minha irmã sentou no sofá comigo. Ela estava produzida, maquiada e tudo, esperando o namorado buscá-la para irem ao cinema. Quando Claire Danes e Leo DiCaprio se beijaram, ela deu um risinho.*

"O que foi?"

"Que beijo chocho."

Fiquei curiosíssima e nem consegui disfarçar:

"Por quê? Por que esse beijo é sem graça, o que tem de errado?"

Mas Rosa não me respondeu. Me olhou surpresa, prendendo o cabelo em um coque, com o alfinete comprido que ela sempre usa. Fiquei envergonhada de ter perguntado. Acho que ela percebeu isso, porque estava prestes a falar alguma coisa quando o interfone tocou. Fabrizio tinha chegado e estava esperando ela na portaria.

Rosa se levantou pra sair e já estava de costas pra mim, quando se virou e disse:

"Não se apresse não, que nada é pra já."

Não entendi nada. Ela sorriu:

"A vó Rosa sempre diz que o verso do samba é conselho. Esse verso não é de samba, é um som do Chico Buarque – mas é um bom conselho."

Continuei sem entender nada. O telefone celular da Rosa começou a tocar. Ela suspirou e recusou a chamada do namorado:

"O primeiro beijo não precisa ser um bicho de sete cabeças, sabe? E o amor vai chegar na hora certa, Viô. Se você achar que ele tá demorando, não se apresse. Tem que valer a pena."

2006

Eu tinha um segredo com o meu pai – e por isso nunca te contei isso antes, Diário. Quer dizer, ele nunca me disse, assim, "guarda segredo", e provavelmente a mamãe sabia de tudo, mas era uma coisa só nossa. Nós íamos ao Theatro Municipal para assistir aos ensaios gerais das peças do Festival de clássicos. *A gente também escapulia pra lá para assistir a outros ensaios e acompanhar temporadas oficiais, mas assistir às obras do* Festival de clássicos *era de lei. Papai era um dos patronos do Municipal, tratado com muito carinho e respeito por todos. Quando a gente chegava, primeiro passávamos na cafeteria do Theatro. Fazíamos um lanche e só depois, comigo no colo dele e, mais tarde, de mãos dadas, sentávamos em um dos camarotes.*

Assistimos a tantas peças juntos – umas que eu nem entendia e que nem eram pra minha idade. Assisti a algumas óperas, por exemplo, sem compreender nada. Mas eu senti. É um pouco cafona dizer isso, mas é verdade. Senti medo, ansiedade, alegria, surpresa. Eram essas obras que mais me inspiraram, porque depois, em casa, eu fazia anotações do que tinha entendido sobre elas. Tipo: era como se eu dublasse, na minha língua, um filme falado em idioma incompreensível. E foi assim que comecei a pensar em ser dramaturga. Escrevi algumas peças – provavelmente são porcarias – e tive ideias pra outras tantas. O professor Carlos dá aulas de teatro pra gente no colégio e ficou muito empolgado quando eu trouxe a primeira história para ele ler. Disse que sou talentosa, escrevo muito melhor que as pessoas da minha idade, tenho boas ideias e tudo o mais!

Papai também adorava que eu lesse pra ele – tanto as peças prontas quanto as ideias, que discutíamos juntos. Ele sentava na minha cama e perguntava:

"E então, minha jovem artista? Quais serão os novíssimos clássicos do teatro?"

E eu logo pegava meu caderninho e lia pra ele.

Papai morreu há alguns dias. Tenho medo de não conseguir mais entrar no Municipal, de não conseguir mais escrever, de não conseguir mais ter sonhos. Tenho medo de não conseguir nunca mais pensar nele sem que isso me afunde, me derrube no chão. Tenho medo de ser incapaz de voltar a ver papai nas minhas lembranças como o homem forte, bonito e gentil que ele sempre foi, pois só vejo a imagem dele inerte na mesa de jantar, com mamãe segurando sua mão, muda.

2007

Tanta coisa aconteceu desde que papai morreu. As brigas que a mamãe e a Rosa tinham, por causa de dieta, peso e outras babaquices, deram lugar a outras, muito piores, porque minha irmã começou a beber e sair sem dar satisfação. Cada dia mais idiota, Rosa não fala conosco, assusta mamãe, deixa todo mundo preocupado e grita se alguém tenta falar com ela. A única coisa que a deixa calma é se trancar no quarto, onde escuta, sem parar, "More than words", aquela música melosa dos anos 90. Um saco!

Ela está namorando, eu acho – eu que não vou me atrever a perguntar – o Duda, que era o garoto mais bonito e popular do colégio. Agora ele está fazendo um mochilão na Europa e eles se falam sempre que podem. Eu sei disso por causa dos interurbanos. A mamãe até comprou outra linha de telefone especialmente pra ela, porque ninguém mais conseguia fazer uma ligação nessa casa. Pensa que ela agradeceu? Que nada. Ah, e graças a Deus a internet não é mais discada, porque ela MORA no ICQ e seria um pandemônio se alguém se atrevesse a fazer um telefonema enquanto ela fala com o príncipe encantado.

Acho que Rosa não suporta a saudade do namorado e, por isso, fica enlouquecendo todo mundo enchendo a cara. Como se a gente já não estivesse lidando com a morte do papai – que é MUITO mais importante do que a viagem de um namoradinho.

A coisa saiu completamente do controle ontem. Pra variar, de madrugada – numa QUINTA-FEIRA, dia de SEMANA – eu ouvi o movimento da mamãe andando pra cima e pra baixo no corredor. Então, quase ao mesmo tempo, a porta da frente foi aberta duas vezes: reconheci primeiro a voz do tio Paulo e, depois, não reconheci as outras, masculinas. Abri uma frestinha da porta do meu quarto para espiar e vislumbrei dois caras uniformizados. Mamãe chamou a polícia.

Bem feito pra Rosa, eu pensei. Agora ela vai ver o que é bom pra tosse!

Só que foi horrível. Rosa chegou louca, pra lá de Bagdá e acabou que a mamãe bateu nela. Aqui em casa não existe isso de bater, nunca apanhamos, nem um tapinha na mão, um beliscão. Fiquei muito assustada.

Que merda!

Quando encostei o ouvido na porta do meu quarto, ouvi tio Paulo dizer assim pra minha irmã:

"Eu sei que você está sofrendo, Rosa. Mas sua mãe também está, sua irmã também está. Encare. Encare junto com elas. Seja apoio pra sua mãe. Seu pai gostaria disso."

Tomara que ele consiga colocar algum juízo na cabeça dela, mas duvido.

Dormi muito mal. Hoje, deveria estar com uma cara horrível. Mas aconteceu uma coisa boa (finalmente!):

Enquanto meus colegas do teatro se preparavam para mostrar uma cena de Um bonde chamado desejo *para um exercício proposto em aula, senti frio e busquei um agasalho na mochila. Encontrei, dentro dela, uma barra de chocolate Twix – meu preferido, proibidíssimo de entrar em casa pela mamãe, como todos os outros doces – e um bilhete colado com um adesivo "smile". O bilhete dizia assim:*

"A vida fica mais bonita quando você sorri. Sorria, Violeta!"

Não sei quem escreveu, mas tomara que seja ele! Estava tão bonito hoje que mal consegui prestar atenção na Blanche DuBois e no Stanley Kowalski no palco, depois. Ao mesmo tempo, também não busquei seus olhos.

Tive medo de olhar pra ele e perceber que o bilhete não era seu. E também tive medo de olhar e confirmar que era.

Será que amar causa sempre esse tipo de confusão?

2008

Faz tempo que eu não escrevo aqui... Em primeiro lugar, tenho uma notícia bombástica: a mamãe começou a namorar – você está preparado? – o tio Paulo! Dá pra acreditar, Diário? Nada contra o tio Paulo, mas no início foi pra lá de esquisito. Depois, quando vi o quanto o namoro fez bem pra mamãe, fiquei contente. Eu amava meu pai, sempre vou amar, é um pouco bizarro ver mamãe com outro homem, mas eu realmente quero que ela seja feliz.

Esses dias li um negócio assim: "se você fica feliz pela felicidade dos outros, você entendeu tudo". Eu não entendo tudo, mas acho que, quando é sobre a alegria da minha mãe, entendo.

Claro que o mesmo não aconteceu com a Rosa. As brigas triplicaram. Eu não sei o que a Rosa esperava: que a mamãe passasse o resto da vida sozinha? Graças a Deus o Duda já tinha voltado da Europa, ou teria sido ainda pior. Ele sabe lidar com ela como ninguém. Nem a vó Rosa, que é tão íntima da minha irmã, consegue ter esse efeito sobre ela. A verdade é que Duda traz à tona o que Rosa tem de melhor. Inclusive acho que uma das coisas mais lindas do amor é justamente essa: a gente querer ser mais bacana quando está com a pessoa amada.

E por falar em amor... Não, não. Deixa eu contar direitinho.

Lembra que a gente fez um exercício na aula de teatro com a peça Um bonde chamado desejo? *Pois então: resolvemos montá-la para o espetáculo do final de 2007. Eu fui nomeada assistente do diretor, que é só um nome chique para pau pra toda obra: busco água e café, ajudo os atores a lembrar os textos e marcações, colaboro com o iluminador e tenho os croquis de todos os cenários e figurinos. Uma trabalheira, mas eu gosto!*

Durante o primeiro ensaio geral, já perto do final do ano, fui buscar mais garrafas de vidro para compor a cena em que os personagens estão jogando cartas. Enquanto eu tentava carregar mais garrafas do que seria humanamente possível conseguir, o Pedro entrou no depósito de objetos e figurinos. A gente não precisou dizer nada. Foi lindo, lindo, lindo! Eu deixei todas as garrafas caírem no chão e o estrondo fez com que a gente começasse a rir na mesma hora, mas ele então colocou o dedo indicador no lábio, pedindo silêncio. Sorrindo, imitei. Ele se aproximou, ficou bem pertinho, e a gente ficou se olhando por alguns segundos antes de se beijar. Eu não lembro quem começou, mas depois a gente não queria mais parar. Grudei meu corpo no dele sem nenhum pudor. Ele também me abraçou com força, mas sem tentar passar a mão por tudo como outros idiotas do colégio tentaram quando deixei um ou outro me beijar. Mas acho que esse beijo, sim, é que foi meu primeiro beijo pra valer! Ele só ficou colado em mim, uma coisa! Senti a pressão entre as minhas pernas e, também entre as minhas pernas, tudo aquecer e umedecer. Gostoso, mas também um pouco assustador, novo: será que eu tive um orgasmo?

Eu estava nessa confusão mental quando, pro meu horror, percebemos que uma pessoa estava nos observando. Era o professor Carlos. Eu queria morrer, me enterrar, sumir. Eu e Pedro nos separamos e notei que ele colocou as mãos na frente da bermuda pra disfarçar a ereção. Achei que iríamos levar uma suspensão, ouvir um discurso, um xingão. Em vez disso, o professor apenas riu e disse:

"Crianças, aqui não é lugar."

Parecia até meio tímido. Acho que ficou com vergonha de ver o nosso agarramento. Pedro estava descontraído. E eu, é claro, queria cair morta ali mesmo.

"Vamos voltar para o palco? O pessoal está esperando as garrafas."

Quando eu e o Pê passávamos pela porta pra voltar, o profe Carlos colocou a mão espalmada ao lado o rosto, como se fosse soprar uma fofoca, e disse pra mim:

"Conselho de um velho, se me permite: garoto que se preze não agarra a namorada num depósito todo bagunçado, Viô. Você precisa ser respeitada, tá bem? Se cuida!"

Imediatamente, me lembrei da frase que a mamãe sempre repete:

"A reputação de uma mulher é tudo o que ela tem."

Ela ficaria furiosa se soubesse o que aconteceu. Na minha alegria por finalmente beijar Pedro, não pensei em mais nada. Não medi as consequências. Se ela soubesse o que aconteceu, era capaz de me tirar daquele colégio, me proibir de vê-lo.

Os namoros da Rosa, tanto com Fabrizio quanto com Duda, foram diferentes. Por mais que ela tivesse a mesma idade que eu tenho agora quando começou o primeiro, as famílias já se conheciam, pertenciam ao mesmo círculo social. No colégio as pessoas costumam brincar que a nossa família, a de Duda, Fabrizio e Gio – a melhor amiga da Rosa – são tipo as famílias quatrocentonas de São Paulo. Eu sei que status é importante pra mamãe. Ela fala coisas como "novo rico" com desprezo. Pedro mora com o padrinho dele, seus pais faleceram em um acidente de carro faz muitos anos, e esse padrinho tem dinheiro – pra estudar nesse colégio, não tem como ser diferente –, mas parece que é um aventureiro, até meio... malandro, sabe? Pedro me contou que ele nunca está em casa e eles quase não se veem, enfim. Não é uma família tradicional nos moldes que a mamãe aprovaria.

E, além de tudo, e por causa de tudo isso mesmo, Pedro tem esse jeito rebelde – que agora entendo que é COM causa. Ele saiu do colégio anterior com a desculpa de que rodou duas vezes, mas na verdade aprontava muito por lá: roubava provas pra poder colar as respostas, ficava com as meninas no banheiro e, uma vez, até levou bebida pra sala de aula!

Decidi, naquele mesmo instante, que não iria ficar com o Pê na frente dos outros. Tipo, pra não ter perigo de a mamãe descobrir e me encher.

Pedro tem essa fama de maluco, mas comigo é tão amoroso, tão calmo. Ele me disse que sempre quis ficar comigo, mas achava que eu, toda certinha e tímida, nunca ia dar bola pra ele. Foi só por isso que nunca tinha tentado me beijar. Que engraçado, eu também passei todo esse tempo achando que ele não tinha interesse em mim! Ainda bem que, naquele dia no depósito, a gente não precisou falar nada: simplesmente se beijou. Sobre termos que esconder o namoro, Pedro me disse pra ter paciência. Ele falou que ano que vem vamos nos formar no colégio e que então não vai mais ter toda essa galera que poderia contar pra minha mãe que estamos namorando – professores, coordenadores, a diretora, pais de alunos...

É muito ruim namorar escondido, mas a gente se encontra sempre que consegue – o que não é tão fácil. Primeiro por causa da marcação cerrada da mamãe, e segundo porque precisamos ir em lugares que nenhum outro colega frequente – não contamos pra ninguém sobre o namoro. A gente evita qualquer situação que possa fazer alguém conhecido descobrir que estamos juntos.

Às vezes, tenho vontade de jogar tudo pro alto, mas então penso na mamãe com os olhos vermelhos, arrasada, dizendo que já sabe de tudo, que eu era uma vergonha pra família, me agarrando com um garoto, manchando a minha reputação. O que mais me dói é que consigo ver claramente ela me perguntar o que papai diria. Também morro de vergonha, imagina se ela fica sabendo que o Pê tem ereção enquanto a gente se beija e que eu gosto? Não me afasto?

Não vou suportar a humilhação. Vão querer me afastar de Pedro – e isso eu também não posso suportar.

Só que estou ficando um pouco maluca com tudo isso. Nossos encontros são sempre curtinhos, além de raros. Aí hoje de tarde eu finalmente iria passar um bom tempo com ele, a tarde inteira! O tal padrinho está viajando e teríamos a casa só pra nós. Pedro me avisou de última hora, então pensei rápido e inventei que ia pra casa de uma colega pra fazer um trabalho. Estava tudo certo quando a mamãe, do nada, pediu que eu telefonasse pra casa da colega, pois ela queria confirmar com a mãe da minha "amiga". Eu falei que ela estava me tratando como um bebê e que eu já tenho dezesseis anos. Ela disse que, enquanto eu morar na casa dela, vou obedecer às regras dela, e que ou eu telefonava ou não poderia ir. Fiquei tão frustrada que fui até o meu quarto e bati a porta com toda a força. Que droga!

Meia hora depois, a Rosa apareceu. Ela bateu, pediu licença e então disse, meio rindo:

"Ei, quem enche o saco da mamãe e bate a porta do quarto normalmente sou eu. Tá tentando me derrubar?"

Eu não respondi. Ela sentou na minha cama e me olhou com curiosidade por um tempo. Então, desfez e refez seu coque com o alfinete comprido que sempre usa pra segurar o cabelo e deu de ombros:

"Tá bem, tampinha. Se não quer desabafar, não precisa."

Eu continuei em silêncio e ela foi embora.

Foi a primeira vez que pensei que não seria impossível contar para Rosa o que estava se passando. E que talvez ela até me ajudasse.

Não é isso que as irmãs fazem?

PARTE CINCO

1.

Depois que terminamos, depois de tudo o que eu fiz pra te afastar, eu não conseguia mais ter alegria, Duda. Eu vinha de uma sucessão de perdas, estava exausta, vencida. As brigas com minha mãe, embora unilaterais, só pioraram. E foi depois de uma delas que finalmente saí de casa.

Silvia estava com dor de cabeça, não aguentava mais a discussão – engraçado, eu nem lembro como ela começou – quando me perguntou:

"Por favor, Rosa. Será que não dá pra você tentar ficar em paz?"

Olhei pra ela, incrédula, e respondi:

"Como, se todos os dias eu penso que queria que quem tivesse morrido fosse você e não o meu pai?"

Eu tinha terminado de falar e já estava arrependida, mas o negócio com as palavras é este: uma vez ditas, elas não podem ser desditas. A maldita frase que disse pra minha mãe, marco decisivo na nossa história, divisor, ricocheteou nela e voltou pra mim. Contundente. Implacável. Enfim, Silvia gritou comigo. Enfim, depois de tanto tempo, ela revidou:

"Então estamos empatadas: eu queria que tivesse sido você e não Violeta."

Como se conserta uma coisa dessas, Duda? Não tem como. Eu e minha mãe estávamos despedaçadas, o elo – sempre tão frágil – enfim se rompera. Por mais que as funcionárias e Paulo tentassem intervir, naquele mesmo dia busquei a chave que me fora entregue tantos meses antes e arrumei minhas malas.

"Vocês não podem se separar assim."

Eu não ouvia nada, não queria ouvir. Foi tudo muito rápido depois que minha mãe me disse que preferia que eu tivesse morrido e não minha irmã. Entrei no corredor com uma fúria que eu mesma desconhecia, cega de ódio e dor. Quando estava quase na porta, Paulo me pediu que ao menos me despedisse direito.

Silvia estava sentada na mesa da cozinha. Seus olhos estavam vermelhos e inchados, mas ela já não chorava. Pela primeira vez, achei minha mãe feia. A dor enfeia, sabe? E ela já tinha sofrido demais. Eu sabia disso, mas não conseguia dar o braço a torcer, não conseguia perdoá-la.

Não conseguia sequer entender que ela amasse Paulo, que fizesse a lista de compras do mercado, frequentasse a academia, assistisse à novela, telefonasse pra vó Rosa às quartas-feiras. Não conseguia assimilar que continuasse viva e, se não feliz, ao menos prática e produtiva. Eu não entendia a força da minha mãe, sua fibra. De uma forma enviesada, a reprovava por ter seguido em frente, sem perceber que ela fazia isso por mim.

Naquele dia, eu acho que ela despertou para a realidade que não conseguia ou não queria enxergar antes: nossa relação não existiria mais. Nossa reconciliação não era uma possibilidade. Não seríamos mais mãe e filha. Não voltaríamos mais a nos amar. Nunca mais. Minha mãe, subitamente aos meus olhos feia, minha mãe que eu já acostumara a não chamar mais de mãe, mas, sim, de Silvia – para castigá-la, para atormentá-la –, pela primeira vez encarou a realidade que eu forçava goela abaixo desde que papai morrera e, ainda mais, desde que Violeta partiu. Ela estava tranquila – talvez porque cansada – quando me disse, muito calma:

"Pode ir, Rosa. Tudo tem limite – até a maternidade."

2.

Em pouco tempo já estava completamente instalada no apartamento novo. Dinheiro nunca foi um problema pra mim, então comprei os móveis e eletrodomésticos que precisava e levei aqueles dias tentando me distrair arrumando a casa.

Não ouvi nenhuma palavra da minha mãe durante esse período.

Assim que conseguiu, Gio veio me visitar, trazendo uma pizza e uma garrafa de vinho. Ela tentava me tirar daquele buraco, mas era difícil sair. Eu andava a esmo. Eu me afundava em problemas que eu mesma havia criado. Não conseguia assumir meus erros, não sabia lidar com a saudade do meu pai. Não sabia lidar com a culpa que sentia por não ter escutado Violeta naquela noite, por não a ter seguido.

Esses dias, Paulo ligou. Disse que havia bastante coisa bonita no depósito que a gente mantinha na garagem do meu antigo prédio. Claro que o que ele realmente queria era forçar um encontro entre mamãe e eu, mas eu ainda não estava pronta. Quando busquei as chaves do depósito na portaria, até tinha esperança de encontrar Silvia ou mesmo Paulo. Esperança de resolver as coisas ali, talvez com um abraço. Tinha vontade de acabar com aquilo tudo, mas sem precisar fazer nenhum movimento. Deixar as pessoas me procurarem. Deixar as pessoas darem o primeiro passo. Mas não havia ninguém.

Depois de separar um espelho médio, alguns porta-retratos vazios e uma mesinha de centro, achei que não conseguiria levar mais nada naquela primeira viagem e me ajeitei para ir embora. Foi então que eu a vi. Uma caixa, Duda. Uma caixa grande de papelão grosso, situada na base de uma pesada prateleira de madeira. Ela levava uma etiqueta com o nome da minha irmã escrita na bonita caligrafia da minha mãe.

Imediatamente, me sentei no chão e comecei a vasculhá-la. A princípio, encontrei as peças de teatro que Violeta havia escrito. Impressas em papel A4, já um pouco amareladas, elas ocupavam pastinhas plásticas individuais. Avidamente, às vezes rindo e às vezes chorando, li todos os dramas e todas as comédias que minha irmã havia imaginado. Eram muitas, e não sei quanto tempo passei ali, imersa, mesmo sendo claustrofóbica, trancada no depósito. O que eu senti naquele momento estava muito misturado, sabe? Muito confuso. Tinha a alegria de ver o talento de Violeta, sua criatividade e habilidade com as palavras. Também tinha o arrependimento estarrecedor de não ter feito isso enquanto ela estava viva. E, de assalto, em alguma fala ou descrição eu sentia de forma potente a minha irmã ali, comigo, seus grandes olhos me vigiando, curiosa para que eu terminasse logo de ler e contasse a minha opinião.

Eu estava, finalmente, conversando com minha irmã.

Decidida a deixar pra lá o espelho, a mesinha e os porta-retratos para levar para o meu apartamento apenas a grande caixa, busquei em seu fundo o que achei que seria mais uma peça de teatro, mas o que encontrei não foram mais páginas impressas guardadas em uma pastinha plástica.

Era um diário. Demorei para entender isso porque ele não tinha o formato clássico de diário, com as datas completas, apenas os anos. Era um caderno médio, de capa vermelha, folhas sem pauta, que Violeta preenchera anotando alguns acontecimentos esparsos. Os intervalos de tempo eram grandes – seu primeiro texto datava de 1999, quando ela tinha apenas sete anos.

Continuei sentada no chão daquele depósito e comecei a ler. A princípio, me senti mal por invadir a intimidade da minha irmã. Depois, não conseguia parar de virar as páginas.

Quando Viô saiu às pressas do Clube naquela noite, ela saiu por causa de uma coisa que eu disse, Duda. Eu nunca vou esquecer disso. Se eu não tivesse sido estúpida, nada daquilo teria acontecido. Eu não consigo me perdoar, é uma dor muito grande.

O que aconteceu, você já sabe: uma meia hora depois que Violeta saiu, pessoas perto da porta de entrada ouviram um grito. Elas demoraram pra entender que era realmente um grito – eu, dentro do Clube, não ouvi nada – e não foram averiguar imediatamente. Quando finalmente se convenceram que o que escutaram era uma garota gritando, também experienciaram o silêncio sinistro de depois. Segundo seus depoimentos, todas as testemunhas perceberam naquele momento que algo horrível tinha acontecido, e isso os motivou a sair correndo, sem combinar, em direção às ruas paralelas ao Clube. Depois de uma breve busca, aconteceu.

Encontraram minha irmã morta ao lado de um rapaz, de quem eu nunca tinha ouvido falar, também morto. Ele jogado no chão ao lado de um carro. Ela no banco do carona. Sua bolsa, assim como a carteira do garoto, havia sumido.

Não tinha pista alguma. Como seus objetos haviam sido roubados, chegaram à conclusão de que foi um roubo que deu errado: eles reagiram e foram mortos. Um latrocínio.

De repente, sentada no depósito entre os escritos da minha irmã, enfim pude conhecê-la. Chorei sua morte de um jeito que ainda não havia chorado. Sabe, Duda, acho que no início do meu luto eu chorava por mim. Tinha pena de mim. Agora, eu pranteava Violeta. Demorei tanto tempo pra fazer isso que resolvi que queria, que precisava, homenageá-la.

3.

Violeta se aproximou de Rosa e disse, timidamente:

"Rosa, eu queria te contar uma coisa."

Rispidamente, a irmã respondeu:

"Não estou com cabeça pros teus problemas agora."

Violeta insistiu:

"É importante."

E Rosa, nervosa com a possibilidade de estar grávida de Fabrizio, com medo de perder Duda e ainda digerindo tudo o que havia escutado sobre o próprio pai, explodiu:

“Ah, cala a boca, Violeta! Você não tem a mínima ideia do que eu estou passando.”

Violeta, então, levantou abruptamente e saiu do salão.

Enquanto atravessava a grande porta do Clube, foi alcançada por Pedro, que observava a namorada desde o início da noite. Violeta continuou caminhando em direção ao bosque, as lágrimas caindo sem controle no seu rosto, com o namorado alguns passos atrás.

“O que aconteceu?”

“A Rosa, pra variar. Achei que ela podia me ajudar, nos ajudar, mas ela nem sequer quis me ouvir.”

Pedro alcançou a namorada e, quando estavam longe do Clube, ambos caminharam, de mãos dadas, em silêncio.

“Talvez”, ele finalmente disse, quando Violeta parou de chorar, “a sua irmã esteja passando por um mau momento também. Ela não está sempre brigando com a mãe de vocês e tal? De repente hoje ela não está legal.”

Violeta deu de ombros:

“Pode ser. Tanto faz.”

Pedro sorriu e puxou Violeta pra perto de si, abraçando-a:

“Por que você ficou tão chateada?”

Ela suspirou, acomodada no abraço:

“Porque eu achei que a gente estava superando essa fase de ela nunca ter tempo pra mim, nunca prestar atenção em mim. E esses dias eu achei que finalmente a gente começaria a relação que eu sempre quis que a gente tivesse. De cumplicidade, de amizade.”

Abraçado na namorada, Pedro beijou o topo de sua cabeça e refletiu:

"Não sei, Viô. Irmãos brigam, né? Se desentendem... Eu não tenho irmãos, mas vejo isso acontecer o tempo inteiro com quem tem. Não é sempre uma relação em que tudo corre bem. Tem altos e baixos."

Violeta insistiu:

"Mas faz pouquíssimos dias que ela foi legal comigo!"

Puxando gentilmente o queixo de Viô para que ela olhasse nos seus olhos, ele argumentou:

"E vai voltar a ser. E daqui a pouco não será. Essas coisas são assim mesmo."

Eles se beijaram delicadamente.

Pedro sorriu com malícia:

"Escuta, eu fiz uma pequena contravenção..."

Violeta arregalou os olhos:

"Pelo amor de Deus, o que você aprontou agora?"

O rapaz riu:

"Nada de mais. Digamos apenas que, se você quiser dar uma voltinha nessa noite fria, podemos fazer isso rapidinho – e voltar antes que a sua irmã perceba."

A garota ficou confusa:

"Como assim, dar uma voltinha? Está muito frio pra ficar caminhando por aí e..."

Mas ela ficou muda – e pálida – quando Pedro tirou, do bolso do casaco, as chaves de um carro. Ele exibiu o objeto orgulhosamente para a namorada. Em choque, Violeta balbuciou:

'Você roubou um carro?"

Ele explodiu numa gargalhada:

"Claro que não! Eu apenas peguei emprestado do meu padrinho."

Ela relaxou um pouco:

"E ele sabe disso?"

Abraçando a garota, Pê tergiversou:

"Quantas perguntas!"

Violeta não conseguiu resistir ao charme do namorado e sorriu:

"O que você pretende, me sequestrar?"

"Pretendo te tirar do frio por uma breve voltinha na quadra, o tempo que durar a música que estiver tocando no rádio."

"Eu não sei, Pê..."

"Por favor? Prometo que é só uma voltinha, mesmo."

Violeta apertou os olhos:

"Só uma voltinha e você me traz de volta antes que a Rosa perceba que eu sumi?"

"Palavra de escoteiro."

Ela zombou:

"Você jamais seria aceito nos escoteiros."

Ele ignorou:

"Venha, madame. Sua carruagem lhe espera naquele beco logo ali."

Violeta ficou espantada:

"Beco?"

"Ora, claro. Eu não podia estacionar o carro que eu roubei do meu padrinho no estacionamento de pais e mestres, né?"

"Você disse que pegou emprestado!"

"Vem, boba!", ele disse, puxando ela pela mão.

Com o coração aos pulos, Violeta entrou no carro. Eles se acomodaram, fecharam as portas, ele ligou o rádio e o ar-condicionado e, antes que ela pudesse colocar o cinto, pediu:

"Primeiro, um beijo. Depois, o cinto."

Violeta fez uma expressão falsamente escandalizada:

"Eu jamais colocaria minha segurança em risco. Primeiro, o cinto. Depois, o beijo."

"Mas eu nem dei partida no carro, estamos parados! O que tem de inseguro nisso?"

Ela riu:

"Tudo! Estamos parados justamente num beco escuro numa noite fria. Parece cena de filme de terror. Dá a partida, Pê."

O namorado fez beicinho:

"Vai me negar um beijinho?"

Como Violeta não se movia, embora sorrisse muito olhando Pedro, ele insistiu:

"*Un besito, por favor!*"

Ela tocou o rosto do namorado com as duas mãos, com delicadeza, e deu um beijinho rápido nos seus lábios, mas ele puxou-a pela cintura e não a largou.

O amor, especialmente o primeiro amor, opera milagres. Depois de tantos meses preocupada com as consequências que poderia sofrer se um beijo no depósito fosse descoberto, Violeta sentiu um impulso imenso de se deixar levar. A razão lhe fugiu, lhe escapou pela porta escancarada que ela mesma abria. Queria Pedro, naquele instante. Queria Pedro com urgência. Sempre o quis.

A garota ficou séria. Encarando o namorado, em silêncio, começou a abrir suas calças. Pedro se assustou com aquele gesto – eles poderiam ser vistos, o que as pessoas iriam pensar?

Violeta, parecendo ouvir seus pensamentos, sussurrou:

"Ninguém vai nos ver, estamos muito distante."

Também sussurrando, ele perguntou:

"Tem certeza?"

"Tenho."

E, antes que pudesse se conter, ela complementou:

"Eu te amo."

Arregalou os olhos ao perceber que tinha deixado escapar a frase. Pedro sorriu. Fechou a calça. Ela achou que tinha estragado tudo, teve vontade de chorar. Mas o garoto fez carinho no seu rosto e explicou:

"Eu também te amo. E, por isso, não vou deixar você ter a primeira vez dentro de um carro num beco escuro."

A alegria explodiu no coração de Violeta. Quando a gente é amado por quem ama, é como se Deus apontasse o dedo. É um pequeno milagre.

"Vamos voltar pro Clube. Vou me apresentar pra sua irmã. Chega de se esconder, Viô. A gente se ama."

Com um sorriso que não cabia no rosto, ela concordou.

Eles estavam trocando um último beijo dentro do carro quando ouviram, sobressaltados, uma batidinha no vidro.

Pedro acionou o botão para abrir a janela. No entanto, quando ela abriu, ninguém disse nada: nem o jovem casal, nem o professor. Com as mãos na cintura, Carlos olhou para os dois sentidos do beco por alguns segundos antes de, finalmente, encostar a mão no capô e olhar pra dentro do veículo. Quando falou, estava sorrindo.

"De novo em um local inapropriado, crianças?"

Aquilo irritou Pedro:

"Cara, primeiro que não somos crianças. A Violeta tem dezesseis anos, e eu, dezoito. Segundo que, assim, o que você tem a ver com isso? Vai procurar tua turma!"

Violeta se espantou com a atitude do namorado:

"Que isso, Pedro? O professor é nosso amigo!"

Mas Pedro, sem se voltar pra ela, encarando Carlos, respondeu:

"Só se for seu amigo. Meu, ele não é."

Carlos riu ironicamente e fez contato visual com Violeta:

"É esse tipo aqui que você quer namorar?"

A garota enrubesceu. Pedro engrossou a voz:

"É, meu. É com esse tipo aqui. Queria que fosse com quem? Com você?"

E gargalhou.

A pergunta e a gargalhada acertaram Carlos em cheio. Ele ficou mudo e branco. Sem graça, endireitou a postura, ficando ereto novamente. Pedro franziu as sobrancelhas e olhou pra Violeta:

"Você viu isso?"

Violeta não sabia o que responder. Ele repetiu:

"Você viu isso?"

E, então, virou o rosto pra janela do carro, onde estava o professor, e gritou:

"Dá pra acreditar nisso? Esse velho de merda é apaixonado por você. Esse bosta aqui pensa que tem chance contigo!"

Violeta balançava a cabeça negativamente, as lágrimas de pânico brotando nos seus olhos. Não podia ser verdade, era absurdo.

Carlos estava pálido, parado ao lado do carro, incapaz de articular uma palavra. Pedro abriu a porta do carro abruptamente, saiu do veículo e provocou:

"Não é verdade, velho? Hein, seu velho? Velho nojento!"

Carlos apenas balbuciava "não, não", mas Pedro não parava. Foi chegando cada vez mais perto do professor, começou a empurrá-lo, e repetia as ofensas:

"Patético! Um velho! Ela nunca vai te dar bola, idiota! Pedófilo! Podre!"

Transtornado, o professor pediu:

"Para."

Aquilo divertiu Pedro:

"Me faz parar. Quero ver me fazer parar!"

Violeta, dentro do carro, pediu:

"Para, Pedro!"

O namorado virou o rosto pra ela:

"Não, ele não quer que eu pare? Que me faça parar!"

Carlos repetiu baixinho:

"Para."

"Me faz parar, velho de merda", e empurrava Carlos, "me faz parar!"

Violeta suplicou:

"Pedro, para com isso!"

Sorrindo, o garoto tentou acalmá-la:

"Ele não vai fazer nada comigo, Viô. É um covarde, um nada, um ninguém. Vai passar o resto da vida assim, sendo um bosta."

O professor só queria que aquilo acabasse. Quando empurrou Pedro, o rapaz tombou para o lado direito, batendo com a cabeça no meio-fio com um baque surdo. A namorada, de dentro do veículo, demorou alguns instantes pra entender o que ocorrera. O próprio Carlos pareceu entender com atraso o que tinha feito. Tudo se movia devagar, ele estava em transe. Foi despertado por Violeta que, ao sair do carro e perceber o sangue escorrendo da cabeça de Pedro, começou a gritar.

Ele só queria fazê-la parar. Só isso. Ele só tapou sua boca para que ela se calasse e eles pudessem conversar. Tudo ficaria bem. O garoto na certa despertaria, ele não havia batido a cabeça com tanta força assim – ou havia? Violeta só precisava se acalmar um pouco.

Ansioso e nervoso, Carlos não percebeu que, tapando a boca de Violeta, ele cobria, também, o nariz da garota.

4.

"Ela tinha um diário, Almeida. Como ninguém olhou isso antes? O Pedro era seu namorado, ela escondia isso da gente, os dois escondiam de todo mundo!"

Ela passa a mão na testa. Estava suando:

"Abre a porta, por favor. Estou sufocando aqui, eu sou claustrofóbica... Eu já disse que sou claustrofóbica!"

O delegado se precipita até a porta, que escancara, e entrega mais um copo de água pra ela:

"Calma, Rosa."

Rosa limpa o rosto com as mãos, mas recusa a água:

"Deixa eu falar, eu quero contar."

Violeta tinha tido um encontro do grupo teatral, uma espécie de concentração antes do espetáculo de final de ano de 2007, durante um sábado inteiro no sítio de uma colega. Quem levara ela até lá fora Silvia, mas foi Rosa quem buscou. No caminho de volta, Violeta contou que o sítio vizinho ao da colega era do professor Carlos e que ele até havia passado ali depois do almoço para assistir ao ensaio geral. A casa ficava perto de um parque aquático, por isso Rosa lembrava mais ou menos a sua localização. Não teve dificuldade pra encontrá-la.

A adrenalina que sentia depois de ter lido as peças da irmã e a alegria que lhe invadia o peito pela ideia que tivera – homenageá-la com um festival no colégio que montasse suas obras – deixaram-na agitada. Tanto que, ao parar em um posto de gasolina, pensou em comprar cerveja para se acalmar. No entanto, quando viu seu reflexo na porta de vidro do freezer, as latinhas já nas mãos, decidiu que não faria aquilo bêbada. Pelo menos dessa vez, faria as coisas da forma correta. Trocou as latas por outras, sem álcool, e perguntou ao atendente, enquanto pagava, se a casa do professor de teatro era perto dali.

"A cara que ele fez quando abriu a porta... Na hora, eu não entendi nada. Eu disse que era irmã da Violeta, ele disse que lembrava de mim, ficou parado feito uma estátua na minha frente. Eu senti vergonha, pensei que tinha sido impulsivo aparecer ali sem avisar. Quando expliquei que tinha encontrado as peças da minha irmã e que pensei em homenageá-la com a sua ajuda, ele finalmente abriu a porta pra mim. Balançou a cabeça, disse que era uma boa ideia e perguntou se eu queria um chá. Enquanto eu esperava na sala, me deu uma vontade imensa de fazer xixi. Como a casa era pequena, achei que não teria dificuldade para achar o banheiro. Que homem nojento, decrépito. Você acredita que ele chorou? Teve coragem de chorar na minha frente. Achou que eu ia ter pena dele!"

Almeida interrompe:

"Rosa, eu não estou entendendo nada."

Ela quase grita:

"Um altar! Era um altar, aquela porra era um altar. Eu abri a porta de um quarto achando que era o banheiro e vi uma merda de um altar pra minha irmã."

Ela explode em lágrimas:

"Fotografias, bilhetes, flores. Os olhos dela destacados numa foto maior, em cima de tudo. Ele passou esses anos todos olhando pros olhos da minha irmã. Meu Deus, que nojo!"

Almeida faz um movimento confuso com os braços e Rosa percebe:

"A identidade dela, Almeida. A identidade que a gente nunca achou. A identidade que estava na sua bolsa quando ela morreu. Ele deixou a identidade fixada no centro do mural de cortiça desse altar. A imagem congelada da minha irmã, pra sempre parada naquele mesmo lugar, porque ele tirou a oportunidade dela de seguir em frente e virar outra coisa que não fosse uma garota de dezesseis anos."

Almeida percebe que está boquiaberto e se recompõe:

"O professor Carlos..."

Rosa o interrompe:

"Ele admitiu. Ele disse que foi sem querer, que não percebeu o que estava fazendo. E que, em pânico, pensou em simular o latrocínio."

Pensando em voz alta, Almeida junta as peças:

"Ele estava de luva, não estava? Era uma noite fria. Sem digitais. E o beco não tinha câmeras..."

O próprio delegado se interrompe:

"O que você fez com Carlos?"

Rosa está histérica:

"Eu deveria ter matado ele!"

O delegado insiste:

"Está ferido? Ele está em casa? O que você fez? Me responde, Rosa!"

Como ela só chora sem responder, o delegado se precipita até a porta:

"Preciso que uma equipe seja enviada imediatamente para...", mas novamente interrompe a própria fala pra exclamar: "Merda, ele já deve ter fugido!".

Rosa balança a cabeça:

"Não fugiu. Ele está amarrado. Eu amarrei com força numa cadeira. Ele se deixou amarrar, não resistiu. Eu disse que ia chamar a polícia pra buscá-lo e que ele ia finalmente pagar pelo que fez. Ele disse que sempre soube que era uma questão de tempo."

Almeida se irrita:

"Por que você não ligou imediatamente pra delegacia depois disso?"

Cansada, Rosa explica:

"Era o que eu pretendia fazer. Mas saí de lá agitada, tremendo... Bebi as cervejas pra me acalmar enquanto dirigia de volta pra cidade. Isso não funcionou, então encostei o carro e comecei a escrever para uma pessoa muito importante. Precisava colocar meus pensamentos em ordem, precisava contar pra alguém o que eu tinha descoberto, o que eu tinha feito. Acabei apagando no acostamento. Estava exausta."

Ele reclama, enquanto, pela porta aberta, faz sinais para chamar seus homens:

"Você deveria ter vindo direto para cá."

"Eu tinha medo de que as provas que recolhi não fossem suficientes. E eu sou uma mulher, vocês nunca escutam a gente..."

Um pouco mais calma, Rosa pergunta:

"Essas provas, essa história que contei: isso é suficiente?"

Almeida, impaciente:

"Vamos ter que reabrir o caso para ver, minha filha."

Rosa hesita:

"Se ele for realmente culpado – e ele é – eu mesmo assim sou presa, certo?"

"Não precisamos falar sobre isso agora."

Ela se impacienta, soltando e prendendo o cabelo novamente com o alfinete:

"Mas eu quero falar sobre isso agora! Vou presa ou não vou?"

Almeida suspira, fecha a porta e acena com a cabeça:

"Você cometeu um crime. Independentemente do que esse animal fez, você cometeu um crime, não podia fazer justiça com as próprias mãos."

Rosa parece resignada, com o olhar vazio. Eles ficam em silêncio, não há mais nada a dizer um para o outro.

"Escuta...", o delegado se levanta, "os rapazes já estão se organizando pra ir até a casa dele. Você passa o endereço do lugar pro Peixoto? Eu vou pegar o arquivo de novo. O diário da sua irmã...?"

Rosa, distante:

"No porta-malas do carro."

"Vou pegá-lo também."

Almeida vai até a porta novamente e chama:

"Moreira, vem aqui um instante."

Quando Moreira se aproxima, com dificuldade, Antônio fala mais baixo:

"Eu sei que disse pra você não trabalhar, mas não precisa fazer nada, só se sentar aqui com ela. Deixa a porta aberta que a menina é claustrofóbica. E tente acalmá-la, ela acabou de confessar que..."

Moreira interrompe o chefe:

"Toda a delegacia ouviu. Pode deixar."

Almeida olha para Rosa antes de sair. O estado catatônico dela o preocupa:

"Quer ligar pra alguém?"

Sem olhar pra ele, ela responde baixinho:

"Tem uma carta em um envelope endereçado dentro da caixa que você vai pegar. Para Eduardo. Se você puder mandar entregar, eu agradeço."

Almeida concorda, embora ache o pedido esquisito, e deixa Moreira cuidando de Rosa.

Quando o delegado sai, Rosa, mais calma, sorri tristemente e pergunta:

"Como está o seu pé?"

Moreira dá de ombros:

"Tá atropelado."

A resposta a faz rir brevemente. Ele tenta não rir, mas não consegue.

O delegado pega a caixa no porta-malas do carro. Deixa-a em sua sala, ao lado do arquivo do caso de Violeta. Pega sua arma e distintivo. Observa o caderno de Violeta e encontra a carta que Rosa escreveu. Hesita por um momento, pensa em lê-la, mas desiste. Pede a um funcionário que chame um motoboy para entregá-la, já que o endereço não é muito longe. E avisa que vai pagar o serviço do próprio bolso, para que não entre nos gastos da delegacia.

Em seguida, vai ao banheiro. Está atordoado com a história que acabou de ouvir e, na pia, lava o rosto. Ele vê, pelo espelho, Peixoto sair de uma das cabines. Enquanto fecha as calças, o policial comenta:

"Já tá tudo pronto pra irmos, chefe!"

Peixoto abre a torneira da pia ao lado de Almeida:

"Quer dizer que a moça confessou que deixou o homem amarrado. É sequestro ou cárcere privado?"

O delegado não responde, está pensativo. Peixoto dá de ombros:

"Que loucura! Por que não fugiu? Vai ficar presa numa celinha com um monte de gente pro resto da vida!"

Almeida se encara no espelho e sente um frio na espinha. Ele sai do banheiro sem desligar a torneira. Cruza com Moreira mancando pelo corredor – mais tarde, o policial lamentaria:

"Ela pediu um café, eu fui buscar...Eu nunca imaginei!"

E corre até a sala de interrogatório.

Encontra Rosa sentada na mesma cadeira em que a deixou, o alfinete de cabelo espetado no próprio pescoço. Parece serena.

5.

"Ela achou que ia ficar presa por muito tempo e era claustrofóbica. É de uma família muito rica, mas o dinheiro nem sempre protege de desgraça. A família Kennedy, por exemplo..."

"Você vai ganhar uma irmãzinha!"

"Doutor Bischoff, a paciente do 154."

"Your daddy is rich and your ma is good-looking."

"Parece que a enfermeira nova está de caso com o segurança – você não reparou?"

"Eu tinha um segredo com meu pai."

"Ela chegou sangrando muito."

"O verso do samba é conselho."

"Aquele senhor que veio com ela na ambulância, não largou a mão dela o caminho inteiro!"

"Quando ele chama Rosa, viemos as duas: não é bonito?"

"O coroa está dando a entrada nos documentos dela... São pai e filha? Ou namorados? Que homem bonito, parece o Fagundes!"

O som seco de uma bofetada dupla.

"Tem um monte de gente na recepção pra essa moça. Uma senhora que também chama Rosa, olha que engraçado! E um tal de Eduardo, com um envelope na mão. Nem sabia que as pessoas ainda escreviam cartas. Também uma moça loirinha e bonita, Giovana, que não para de chorar."

"How easy it would be to show me how you feel."

"No fim o cara não era nem pai nem namorado da moça. É um delegado! A mãe chegou, está histérica – mas as mães sempre ficam histéricas nessas horas."

"Silvia, o coração parou."

"Não posso perder mais uma, ela está bem de verdade?"

"Eu sou ou não sou sua melhor amiga?"

"O senhor é o delegado que salvou a vida dela? Então eu espero, eu espero aqui."

Os grandes olhos cor de Violeta. É a imagem deles olhando pra ela que faz Rosa, aos poucos, começar a despertar.

Ela escuta a voz de Almeida. Sentado em uma cadeira ao seu lado, ele parece recitar algo. Quando consegue abrir os olhos levemente, vê que o delegado lê, de óculos, uma folha de papel A4:

"Sonhar com porta estreita indica que você está insistindo em algo que não cabe mais na sua vida. São situações que já passaram do prazo de validade, mas, ainda assim, você ainda tenta recuperá-las. Esse tipo de esforço só acaba desperdiçando o seu tempo. Portanto, em vez de ficar insistindo em algo que não tem mais o que fazer, que tal focar em algo totalmente novo?"

Rosa está confusa.

"Ouviu que interessante a interpretação do seu sonho? A Andrea que pesquisou pra gente. Acho que vou ter que começar a acreditar nessas bobagens..."

Ela não parece registrar o que ele diz. Leva a mão em direção ao machucado no pescoço. Almeida adivinha a pergunta:

"Foi superficial."

Rosa aperta os olhos e balbucia:

"Mas eu..."

O delegado é gentil. Sussurra:

"Você quer viver, minha filha. Você acha que não, mas quer viver."

Rosa não responde. Olha pela janela:

"Já amanheceu."

De repente, ela parece despertar completamente:

"Encontraram ele?"

Almeida concorda com a cabeça e senta no pé da cama:

"Encontramos."

"E então?"

"Ele confessou tudo."

Rosa fica tão chocada que não consegue reagir.

"E ele não estava amarrado."

Ela fica confusa:

"Como assim?"

"Bem, você é uma péssima criminosa. Seus nós deviam estar frouxos. O filho da puta estava sentado no sofá quando chegamos. Aparentemente, simplesmente nos esperava. Estava calmo. Deixou-se conduzir tranquilamente para a delegacia."

Rosa não entende:

"Impossível, delegado. Eu apertei com bastante força, repeti... Impossível."

"Pois acredite. Ele estava absolutamente solto."

Ela franze o rosto:

"Tem fotografias? Dos punhos dele?"

Antônio ri. Ela insiste:

"Quando a polícia chega, não tem que fotografar?"

"Você viu filmes demais, menina."

"Almeida...", ela fica séria. "Tem fotografias? Quero ver os punhos dele."

Ele dá um tapa no ar:

"Tivemos um problema com a câmera."

Rosa começa a entender o plano do delegado. Protesta:

"O senhor não pode fazer isso!"

Ele sorri. Pontifica:

"Eu posso tudo, Rosa. Sou o delegado, lembra? De qualquer forma, não sei do que a senhorita está falando. Quando te levamos para a delegacia hoje, tive a oportunidade de conhecer o caso da Violeta. Ao lê-lo com atenção, percebi que o professor havia sido solícito demais e resolvi visitá-lo. Entre uma coisa e outra, você – se sentindo culpada, embora não tenha culpa alguma pela morte de Violeta – tentou fazer essa bobagem no pescoço. Eu te trouxe pra cá e, quando soube que você ficaria bem, corri com Peixoto para o endereço dele. Quando cheguei, ele simplesmente confessou tudo. Disse que amava Violeta, que foi um acidente. Que teve ciúmes ao vê-la com outro e, provocado por Pedro, não calculou a força ao empurrá-lo. E que, ao tentar fazer Violeta parar de gritar, não percebeu que tapava não apenas sua boca, mas também seu nariz."

Rosa chora sem perceber. O horror de ouvir novamente a forma estúpida como a irmã havia morrido se juntava ao alívio de entender que não seria presa. Almeida iria mentir para que ela não precisasse ser punida.

Era a primeira e última vez que o delegado faria isso em sua carreira.

Antônio continua sua história:

"Foi uma prisão calma, tranquila, sem sinais de luta na casa, sem nada. Às vezes até os policiais dão sorte."

Ela balança a cabeça, confusa:

"Eu achei que ia ser presa."

Ele se levanta da cama e caminha na direção dela:

"Presa pelo quê? Você apenas dormiu no acostamento depois de beber umas cervejas sem álcool e, acidentalmente, atropelou o pé do Moreira."

Ela ainda protesta:

"Você sabe muito bem que, antes, eu fui até a casa do Carlos. Sabe que eu amarrei ele, sabe que eu..."

Antônio interrompe, sério:

"Eu já disse que o homem não estava amarrado. Aliás, ele não tem nenhuma lembrança da sua visita, Rosa.

Não prestou nenhuma queixa. Talvez tantos traumas possam ter feito você delirar."

Ela chora sem saber por que está chorando:

"Almeida..."

Mas Rosa não consegue falar. Ele então se inclina e diz, baixinho:

"Você não acha que já sofreu o suficiente?"

Rosa contrai os lábios. Ao ver Antônio começar a se afastar, pergunta, rouca:

"Aonde você vai?"

"Tem outra menina..."

Ele hesita e então se corrige:

"Tem outra mulher que também precisa ouvir essa pergunta."

Rosa assente. Antônio dá um beijo no topo da sua cabeça. Quando chega na porta, Almeida vira pra ela, profundamente emocionado. Rosa sorri:

"A gente se fala, tá? Eu vou levar um bom café pra gente beber na delegacia."

Ele dá uma risada curta.

"Ora, Rosa. Não diga mentiras."

Pisca o olho e vai embora.

6.

Silvia não pediu detalhes para Almeida ou para os médicos quando chegou ao hospital. O delegado imaginou que ela era a pessoa a ser chamada em caso de emergência e pediu que a equipe ligasse para seu número depois de buscá-lo no celular de Rosa. Não sabia até que ponto a garota queria revelar e não pretendia contar nada que não fosse absolutamente necessário para acalmar uma mãe. Silvia auxiliou, sem saber, seu plano: pouco perguntou. Chegou no local feito um relâmpago e, depois de ter certeza de que o machucado da filha fora superficial, não quis saber de mais nada. Nem o que a filha havia feito, nem quem havia sido preso, nem se aquilo tinha a ver com o caso de Violeta. Às vezes, apenas para se certificar, perguntava ansiosa:

"Eu não posso perder mais uma, doutor: ela está bem mesmo?"

Era só o que importava.

Depois que Almeida partiu, Rosa adormeceu de novo. Acordou, e a mãe, antes mesmo de lhe dar "oi" ou perguntar como ela estava, começou a falar. Sentada na mesma cadeira que antes Antônio ocupava, estava nervosa e falava muito rápido. Parecia a Silvia de antes de o pai falecer:

"Eu falei com o doutor e ele disse que em seguida, amanhã mesmo, você já deve ser liberada. Claro que a sua vó Rosa quer te ver, Duda e Gio também, entendo que queira passar um tempo com todos, mas depois nós vamos partir. Só nós duas, sem o Paulo. Uma viagem, Rosa, é isso que nós vamos fazer. Já falei com o Djalma, pensei na Grécia, mas não sei se nessa época do ano é uma boa ideia..."

"Quem é Djalma?", Rosa perguntou, ajeitando-se na cama. Silvia se apressou para colocar o travesseiro de pé atrás das costas da filha:

"Ora, *quem é o Djalma?* Nosso agente de viagem. Trabalha conosco faz anos! Djalma foi quem arranjou a primeira vez que viajei com seu pai. Nem nascida você era!

Uma coisa horrorosa: dezoito países da Europa em dezoito dias, dá para acreditar? Eu queria matar o seu pai. E o Djalma. Saí do aeroporto direto para um spa, morta de cansaço. Seu pai falou com ele, disse que a gente nunca mais fechava negócio com a agência – acho que até ameaçou processar... Mas aí o Djalma prometeu que isso nunca mais ia se repetir. Prometeu e cumpriu! Claro, teve aquela vez que eu detestei a viagem, mas a culpa não era do coitado do Djalma, era do lugar. Eu não sei o que deu no seu pai para querer conhecer Cuba. Fazia um calor que você não imagina. E o seu pai..."

Rosa fechou os olhos por alguns segundos e suspirou. Silvia se calou. Rosa voltou a abrir os olhos e olhou pra mãe:

"Não quero viajar, mãe."

"Que bobagem! Quem não quer viajar?"

"Eu. Eu não quero viajar. Estou cansada."

"Pois bem, na viagem você descansa."

Rosa não queria ter mais uma discussão com a mãe, ainda mais no lugar e situação que elas estavam. Ao mesmo tempo, aquela ideia de viajar era tão sem cabimento que ela tinha vontade de sacudi-la pelos ombros e gritar, mas não fez nada disso. Não conseguia nem se indignar com a súbita volta do comportamento superficial da mãe, que nos últimos anos tinha se tornado mais calma e reservada. Rosa se sentia exaurida como nunca.

Olhou pra mãe querendo dizer tanta coisa: que sentia muito, que sentia por tudo. Que sentia que elas tivessem se desentendido em algum ponto que pareceu sem retorno. Que sentia pela barreira invisível que fazia com que não conseguissem se comunicar nem se tocar. Que sentia pela dor dela, pela filha e pelo marido, dores diferentes da sua, que ela nunca poderia compreender. Que sentia nunca poder compreender. E que sentia saudade da irmã, das coisas não ditas. Das coisas que buliram no peito e na cabeça, das coisas que a fizeram pensar que aquela ponta do alfinete de cabelo era a solução: em um gesto rápido, tudo se esvai – o sangue e a vida, sim, mas também a culpa e a saudade. E que sentia saudade de Duda, tanta coisa pra explicar pra mãe sobre Duda, sobre Fabrizio – será que teria coragem? E que sentia saudade do pai, sempre o pai, tão herói em lembranças que ela guardava de menina – afinal, o pai não teve tempo de decepcioná-la em vida. Principalmente, queria dizer pra mãe alguma coisa verdadeira, alguma coisa que não fosse uma reprimenda nem uma troca de farpas. Dizer:

"Você me machucou e eu também te machuquei, mas acho que temos conserto. Onde tem amor, tem conserto."

Se desfazer das armas, se desnudar. Poder apenas ser ao lado da mãe, sem que aquilo fosse incômodo, sem que o silêncio pesasse. Poderia ser talvez até amiga da mãe. Trocar dicas de culinária, de bons filmes em cartaz e de exposições de arte na cidade. E, com o tempo, trocar confidências. Não de imediato, é claro. Mas um dia. Um dia, se ela se esforçasse. Se as duas se esforçassem.

Rosa pensou tudo isso olhando pra mãe, sem sentir que desaguava, silenciosa. Silvia compreendeu tudo. As mães têm talentos secretos, escondidos, que às vezes se manifestam. Naquele dia no hospital, Silvia descobriu o talento de ler mentes. E ela também desaguava quando concordou silenciosamente com tudo o que a filha pensara. E então disse, num sussurro:

"Deixa eu cuidar de você."

Rosa assentiu, em silêncio.

Naquela noite, pela primeira vez em muito tempo, Rosa dormiu um sono sem sonhos nem pesadelos. Tranquilo, mas profundo; pesado, mas pacífico.

Como a vida podia ser.